4.

VICTOR HUGO

LES

MISÉRABLES

DEUXIÈME PARTIE

COSETTE

II

PARIS

PAGNERRE, LIBRAIRE-ÉDITEUR

18 RUE DE SEINE 18

M DCCC LXII

LES

MISÉRABLES

—

TOME QUATRIÈME

EDITEURS

A. LACROIX, VERBOECKHOVEN ET Cⁱᵉ

A BRUXELLES

PARIS. — IMPRIMERIE DE J. CLAYE, RUE SAINT-BENOIT, 7

VICTOR HUGO

LES

MISÉRABLES

DEUXIEME PARTIE

COSETTE

II

PARIS

PAGNERRE, LIBRAIRE-EDITEUR

18 RUE DE SEINE 18

MDCCCLXII

LIVRE CINQUIÈME

A CHASSE NOIRE MEUTE MUETTE

I

LES ZIGZAGS DE LA STRATÉGIE

Ici, pour les pages qu'on va lire et pour d'autres encore qu'on rencontrera plus tard, une observation est nécessaire.

Voilà bien des années déjà que l'auteur de ce livre, forcé, à regret, de parler de lui, est absent de Paris. Depuis qu'il l'a quitté, Paris s'est transformé. Une ville nouvelle a surgi qui lui est en quelque sorte inconnue. Il n'a pas besoin de dire qu'il aime Paris; Paris est la ville natale de son esprit. Par suite des démolitions et des reconstructions, le Paris de sa jeunesse, ce Paris qu'il a religieusement emporté dans sa mémoire, est à cette heure un Paris d'autrefois. Qu'on lui permette de parler de ce Paris-là comme s'il existait encore. Il est possible que là où l'auteur va conduire les lecteurs en disant : « Dans telle rue il y a telle maison, » il n'y ait plus aujourd'hui ni maison ni rue. Les lecteurs vérifieront, s'ils veulent en prendre la peine. Quant à lui, il ignore le Paris nouveau, et il écrit avec le Paris ancien devant les yeux dans une illusion qui lui est précieuse. C'est une douceur pour lui de rêver qu'il reste derrière lui quelque chose de ce qu'il voyait quand il était dans son pays, et que tout ne s'est pas évanoui. Tant qu'on va et vient dans le pays natal, on s'imagine que ces rues vous sont indifférentes, que ces fenêtres, ces toits et ces portes ne vous sont de rien, que ces murs vous sont étrangers, que ces arbres sont les premiers arbres venus, que ces maisons où l'on n'entre pas vous sont inutiles, que ces pavés où l'on marche sont des pierres. Plus tard, quand on n'y est plus, on s'aperçoit que ces rues

vous sont chères, que ces toits, ces fenêtres et ces
portes vous manquent, que ces murailles vous sont
nécessaires, que ces arbres sont vos bien-aimés,
que ces maisons où l'on n'entrait pas, on y entrait
tous les jours, et qu'on a laissé de ses entrailles,
de son sang et de son cœur dans ces pavés. Tous
ces lieux qu'on ne voit plus, qu'on ne reverra
jamais peut-être, et dont on a gardé l'image, prennent un charme douloureux, vous reviennent avec
la mélancolie d'une apparition, vous font la terre
sainte visible, et sont, pour ainsi dire, la forme
même de la France; et on les aime et on les évoque
tels qu'ils sont, tels qu'ils étaient, et l'on s'y obstine, et l'on n'y veut rien changer, car on tient
à la figure de la patrie comme au visage de sa
mère.

Qu'il nous soit donc permis de parler du passé
au présent. Cela dit, nous prions le lecteur d'en
tenir note, et nous continuons.

Jean Valjean avait tout de suite quitté le boulevard et s'était engagé dans les rues, faisant le plus
de lignes brisées qu'il pouvait, revenant quelquefois sur ses pas pour s'assurer qu'il n'était point
suivi.

Cette manœuvre est propre au cerf traqué. Sur les terrains où la trace peut s'imprimer, cette manœuvre a, entre autres avantages, celui de tromper les chasseurs et les chiens par le contre-pied. C'est ce qu'en vénerie on appelle *faux rembuchement*.

C'était une nuit de pleine lune. Jean Valjean n'en fut pas fâché. La lune, encore très-près de l'horizon, coupait dans les rues de grands pans d'ombre et de lumière. Jean Valjean pouvait se glisser le long des maisons et des murs dans le côté sombre et observer le côté clair. Il ne réfléchissait peut-être pas assez que le côté obscur lui échappait. Pourtant, dans toutes les ruelles désertes qui avoisinent la rue de Poliveau, il crut être certain que personne ne venait derrière lui.

Cosette marchait sans faire de questions. Les souffrances des six premières années de sa vie avaient introduit quelque chose de passif dans sa nature. D'ailleurs, et c'est là une remarque sur laquelle nous aurons plus d'une occasion de revenir, elle était habituée, sans trop s'en rendre compte, aux singularités du bonhomme et aux bizarreries de la destinée. Et puis elle se sentait en sûreté, étant avec lui.

Jean Valjean, pas plus que Cosette, ne savait où il allait. Il se confiait à Dieu comme elle se confiait à lui. Il lui semblait qu'il tenait, lui aussi, quelqu'un de plus grand que lui par la main; il croyait sentir un être qui le menait, invisible. Du reste il n'avait aucune idée arrêtée, aucun plan, aucun projet. Il n'était même pas absolument sûr que ce fût Javert, et puis ce pouvait être Javert sans que Javert sût que c'était lui Jean Valjean. N'était-il pas déguisé? ne le croyait-on pas mort? Cependant depuis quelques jours il se passait des choses qui devenaient singulières. Il ne lui en fallait pas davantage. Il était déterminé à ne plus rentrer dans la maison Gorbeau. Comme l'animal chassé du gîte, il cherchait un trou où se cacher, en attendant qu'il en trouvât un où se loger.

Jean Valjean décrivit plusieurs labyrinthes variés dans le quartier Mouffetard, déjà endormi comme s'il avait encore la discipline du moyen âge et le joug du couvre-feu; il combina de diverses façons, dans des stratégies savantes, la rue Censier et la rue Copeau, la rue du Battoir-Saint-Victor et la rue du Puits-l'Ermite. Il y a par là des logeurs, mais il n'y entrait même pas, ne trouvant point ce qui lui convenait. Par exemple, il ne doutait pas que, si, par hasard, on avait cherché sa piste, on ne l'eût perdue.

Comme onze heures sonnaient à Saint-Étienne du Mont, il traversait la rue de Pontoise devant le bureau du commissaire de police qui est au n° 14. Quelques instants après, l'instinct dont nous parlions plus haut fit qu'il se retourna. En ce moment, il vit distinctement, grâce à la lanterne du commissaire qui les trahissait, trois hommes qui le suivaient d'assez près passer successivement sous cette lanterne dans le côté ténébreux de la rue. L'un de ces trois hommes entra dans l'allée de la maison du commissaire. Celui qui marchait en tête lui parut décidément suspect.

— Viens, enfant, dit-il à Cosette, et il se hâta de quitter la rue de Pontoise.

Il fit un circuit, tourna le passage des Patriarches qui était fermé à cause de l'heure, arpenta la rue de l'Épée-de-Bois et la rue de l'Arbalète et s'enfonça dans la rue des Postes.

Il y a là un carrefour, où est aujourd'hui le collége Rollin et où vient s'embrancher la rue Neuve-Sainte-Geneviève.

(Il va sans dire que la rue Neuve-Sainte-Geneviève est une vieille rue, et qu'il ne passe pas une
chaise de poste tous les dix ans rue des Postes.
Cette rue des Postes était au treizième siècle habitée
par des potiers et son vrai nom est rue des Pots.)

La lune jetait une vive lumière dans ce carrefour.
Jean Valjean s'embusqua sous une porte, calculant
que si ces hommes le suivaient encore, il ne pourrait manquer de les très-bien voir lorsqu'ils traver-
seraient cette clarté.

En effet, il ne s'était pas écoulé trois minutes
que les hommes parurent. Ils étaient maintenant
quatre; tous de haute taille, vêtus de longues re-
dingotes brunes, avec des chapeaux ronds, et de
gros bâtons à la main. Ils n'étaient pas moins in-
quiétants par leur grande stature et leurs vastes
poings que par leur marche sinistre dans les ténèbres. On eût dit quatre spectres déguisés en
bourgeois.

Ils s'arrêtèrent au milieu du carrefour et firent
groupe comme des gens qui se consultent. Ils
avaient l'air indécis. Celui qui paraissait les conduire se tourna et désigna vivement de la main
droite la direction où s'était engagé Jean Valjean;

un autre semblait indiquer avec une certaine obstination la direction contraire. A l'instant où le
premier se retourna, la lune éclaira en plein son
visage. Jean Valjean reconnut parfaitement Javert.

II

IL EST HEUREUX QUE LE PONT D'AUSTERLITZ
PORTE VOITURES

L'incertitude cessait pour Jean Valjean; heureusement elle durait encore pour ces hommes. Il
profita de leur hésitation; c'était du temps perdu
pour eux, gagné pour lui. Il sortit de dessous la
porte où il s'était tapi, et poussa dans la rue des
Postes vers la région du Jardin des Plantes. Cosette commençait à se fatiguer, il la prit dans ses

bras, et la porta. Il n'y avait point un passant, et l'on n'avait pas allumé les réverbères à cause de la lune.

Il doubla le pas.

En quelques enjambées, il atteignit la poterie Goblet sur la façade de laquelle le clair de lune faisait très-distinctement lisible la vieille inscription :

> *De Goblet fils c'est ici la fabrique ;*
> *Venez choisir des cruches et des brocs,*
> *Des pots à fleurs, des tuyaux, de la brique.*
> *A tout venant le Cœur vend des Carreaux.*

Il laissa derrière lui la rue de la Clef, puis la fontaine Saint-Victor, longea le Jardin des Plantes par les rues basses, et arriva au quai. Là il se retourna. Le quai était désert. Les rues étaient désertes. Personne derrière lui. Il respira.

Il gagna le pont d'Austerlitz.

Le péage y existait encore à cette époque.

Il se présenta au bureau du péager et donna un sou.

— C'est deux sous, dit l'invalide du pont. Vous portez là un enfant qui peut marcher. Payez pour deux.

Il paya, contrarié que son passage eût donné lieu à une observation. Toute fuite doit être un glissement.

Une grosse chârrette passait la Seine en même temps que lui et allait comme lui sur la rive droite. Cela lui fut utile. Il put traverser tout le pont dans l'ombre de cette charrette.

Vers le milieu du pont, Cosette, ayant les pieds engourdis, désira marcher. Il la posa à terre et la reprit par la main.

Le pont franchi, il aperçut un peu à droite des chantiers devant lui, il y marcha. Pour y arriver, il fallait s'aventurer dans un assez large espace découvert et éclairé. Il n'hésita pas. Ceux qui le traquaient étaient évidemment dépistés et Jean Valjean se croyait hors de danger. Cherché, oui; suivi, non.

Une petite rue, la rue du Chemin-Vert-Saint-Antoine, s'ouvrait entre deux chantiers enclos de murs. Cette rue était étroite, obscure, et comme faite exprès pour lui. Avant d'y entrer, il regarda en arrière.

Du point où il était, il voyait dans toute sa longueur le pont d'Austerlitz.

Quatre ombres venaient d'entrer sur le pont.

Ces ombres tournaient le dos au Jardin des Plantes et se dirigeaient vers la rive droite.

Ces quatre ombres, c'étaient les quatre hommes.

Jean Valjean eut le frémissement de la bête reprise.

Il lui restait une espérance ; c'est que ces hommes peut-être n'étaient pas encore entrés sur le pont et ne l'avaient pas aperçu au moment où il avait traversé, tenant Cosette par la main, la grande place éclairée.

En ce cas-là, en s'enfonçant dans la petite rue qui était devant lui, s'il parvenait à atteindre les chantiers, les marais, les cultures, les terrains non bâtis, il pouvait échapper.

Il lui sembla qu'on pouvait se confier à cette petite rue silencieuse. Il y entra.

III

VOïR LE PLAN DE PARIS DE 1727

Au bout de trois cents pas, il arriva à un point où la rue se bifurquait. Elle se partageait en deux rues, obliquant l'une à gauche, l'autre à droite. Jean Valjean avait devant lui comme les deux branches d'un Y. Laquelle choisir?

Il ne balança point, et prit la droite.

Pourquoi?

Ç'est que la branche gauche allait vers le faubourg, c'est-à-dire vers les lieux habités, et la branche droite vers la campagne, c'est-à-dire vers les lieux déserts.

Cependant ils ne marchaient plus très-rapidement. Le pas de Cosette ralentissait le pas de Jean Valjean.

Il se remit à la porter. Cosette appuyait sa tête sur l'épaule du bonhomme et ne disait pas un mot.

Il se retournait de temps en temps et regardait. Il avait soin de se tenir toujours du côté obscur de la rue. La rue était droite derrière lui. Les deux ou trois premières fois qu'il se retourna, il ne·vit rien, le silence était profond, il continua sa marche un peu rassuré. Tout à coup, à un certain instant, s'étant retourné, il lui sembla voir dans la partie de la rue où il venait de passer, loin dans l'obscurité, quelque chose qui bougeait.

Il se précipita en avant, plutôt qu'il ne marcha, espérant trouver quelque ruelle latérale, s'évader par là, et rompre encore une fois sa piste.

Il arriva à un mur.

Ce mur pourtant n'était point une impossibilité d'aller plus loin; c'était une muraille bordant une ruelle transversale à laquelle aboutissait la rue où s'était engagé Jean Valjean.

Ici encore il fallait se décider; prendre à droite ou à gauche.

Il regarda à droite. La ruelle se prolongeait en tronçon entre des constructions qui étaient des hangars ou des granges, puis se terminait en impasse. On voyait distinctement le fond du cul-de-sac ; un grand mur blanc.

Il regarda à gauche. La ruelle de ce côté était ouverte, et, au bout de deux cents pas environ, tombait dans une rue dont elle était l'affluent. C'était de ce côté-là qu'était le salut.

Au moment où Jean Valjean songeait à tourner à gauche, pour tâcher de gagner la rue qu'il entrevoyait au bout de la ruelle, il aperçut, à l'angle de la ruelle et de cette rue vers laquelle il allait se diriger, une espèce de statue noire, immobile.

C'était quelqu'un, un homme, qui venait d'être posté là évidemment, et qui, barrant le passage, attendait.

Jean Valjean recula.

Le point de Paris où se trouvait Jean Valjean, situé entre le faubourg Saint-Antoine et la Râpée, est un de ceux qu'ont transformés de fond en comble les travaux récents, enlaidissement selon les uns, transfiguration selon les autres. Les cultures, les chantiers et les vieilles bâtisses se sont effacés. Il y a là aujourd'hui de grandes rues toutes neuves, des arènes, des cirques, des hippodromes, des embarcadères de chemins de fer, une prison, Mazas ; le progrès, comme on voit, avec son correctif.

Il y a un demi-siècle, dans cette langue usuelle populaire, toute faite de traditions, qui s'obstine à appeler l'Institut *les Quatre-Nations* et l'Opéra-Comique *Feydeau,* l'endroit précis où était parvenu Jean Valjean se nommait *le Petit-Picpus.* La porte Saint-Jacques, la porte Paris, la barrière des Sergents, les Porcherons, la Galiote, les Célestins, les Capucins, le Mail, la Bourbe, l'Arbre-de-Cracovie, la Petite-Pologne, le Petit-Picpus, ce sont les noms du vieux Paris surnageant dans le nouveau. La mémoire du peuple flotte sur ces épaves du passé.

Le Petit-Picpus, qui du reste a existé à peine et n'a jamais été qu'une ébauche de quartier, avait presque l'aspect monacal d'une ville espagnole. Les chemins étaient peu pavés, les rues étaient peu bâties. Excepté les deux ou trois rues dont nous allons parler, tout y était muraille et solitude. Pas une boutique, pas une voiture, à peine çà et là une chandelle allumée aux fenêtres; toute lumière éteinte après dix heures. Des jardins, des couvents, des chantiers, des marais; de rares maisons basses, et de grands murs aussi hauts que les maisons.

Tel était ce quartier au dernier siècle. La révolution l'avait déjà fort rabroué. L'édilité républicaine l'avait démoli, percé, troué. Des dépôts de gravats y avaient été établis. Il y a trente ans, ce quartier disparaissait sous la rature des constructions nouvelles. Aujourd'hui il est biffé tout à fait. Le Petit-Picpus, dont aucun plan actuel n'a gardé trace, est assez clairement indiqué dans le plan de 1727, publié à Paris chez Denis Thierry, rue Saint-Jacques, vis-à-vis la rue du Plâtre, et à Lyon chez Jean Girin, rue Mercière, à la Prudence. Le Petit-Picpus avait ce que nous venons d'appeler un Y de rues, formé par la rue du Chemin-Vert-Saint-Antoine s'écartant en deux branches et prenant à gauche le nom de petite rue Picpus et à droite le nom de rue Polonceau. Les deux branches de l'Y étaient réunies à leur sommet comme par une barre. Cette barre se nommait rue Droit-Mur. La rue Polonceau y aboutissait; la petite rue Picpus passait outre, et montait vers le marché Lenoir. Celui qui, venant de la Seine, arrivait à l'extrémité de la rue Polonceau avait à sa gauche la rue Droit-Mur, tournant brusquement à angle droit, devant lui la muraille de cette rue, et à sa droite un prolongement tronqué de la rue Droit-Mur, sans issue, appelé le cul-de-sac Genrot.

C'est là qu'était Jean Valjean.

Comme nous venons de le dire, en apercevant la silhouette noire, en vedette à l'angle de la rue Droit-Mur et de la petite rue Picpus, il recula. Nul doute. Il était guetté par ce fantôme.

Que faire?

Il n'était plus temps de rétrograder. Ce qu'il avait vu remuer dans l'ombre à quelque distance derrière lui le moment d'auparavant, c'était sans doute Javert et son escouade. Javert était probablement déjà au commencement de la rue à la fin de laquelle était Jean Valjean. Javert, selon toute apparence, connaissait ce petit dédale et avait pris ses précautions en envoyant un de ses hommes

garder l'issue. Ces conjectures, si ressemblantes à
des évidences, tourbillonnèrent tout de suite,
comme une poignée de poussière qui s'envole à un
vent subit, dans le cerveau douloureux de Jean
Valjean. Il examina le cul-de-sac Genrot; là, barrage. Il examina la petite rue Picpus; là, une sen-
tinelle. Il voyait cette figure sombre se détacher
en noir sur le pavé blanc inondé de lune. Avancer,
c'était tomber sur cet homme. Reculer, c'était se
jeter dans Javert. Jean Valjean se sentait pris
comme dans un filet qui se resserrait lentement. Il
regarda le ciel avec désespoir.

IV

LES TATONNEMENTS DE L'ÉVASION

Pour comprendre ce qui va suivre, il faut se figurer d'une manière exacte la ruelle Droit-Mur et en particulier l'angle qu'on laissait à gauche quand on sortait de la rue Polonceau pour entrer dans cette ruelle. La ruelle Droit-Mur était à peu près entièrement bordée à droite jusqu'à la petite rue Picpus par des maisons de pauvre apparence ; à gauche par un seul bâtiment d'une ligne sévère

composé de plusieurs corps de logis qui allaient se
haussant graduellement d'un étage ou deux à mesure qu'ils approchaient de la petite rue Picpus,
de sorte que ce bâtiment, très-élevé du côté de la
petite rue Picpus, était assez bas du côté de la rue
Polonceau. Là, à l'angle dont nous avons parlé, il
s'abaissait au point de n'avoir plus qu'une muraille.
Cette muraille n'allait pas aboutir carrément à la
rue ; elle dessinait un pan coupé fort en retraite,
dérobé par ses deux angles à deux observateurs
qui eussent été l'un rue Polonceau, l'autre rue
Droit-Mur.

A partir des deux angles du pan coupé, la muraille se prolongeait sur la rue Polonceau jusqu'à
une maison qui portait le n° 49 et sur la rue Droit-
Mur, où son tronçon était beaucoup plus court,
jusqu'au bâtiment sombre dont nous avons parlé
et dont elle coupait le pignon, faisant ainsi dans
la rue un nouvel angle rentrant. Ce pignon était
d'un aspect morne; on n'y voyait qu'une seule fenêtre, ou pour mieux dire, deux volets revêtus d'une
feuille de zinc, et toujours fermés.

L'état de lieux que nous dressons ici est d'une
rigoureuse exactitude et éveillera certainement un

souvenir très-précis dans l'esprit des anciens habitants du quartier.

Le pan coupé était entièrement rempli par une chose qui ressemblait à une porte colossale et misérable. C'était un vaste assemblage informe de planches perpendiculaires, celles d'en haut plus larges que celles d'en bas, reliées par de longues lanières de fer transversales. A côté il y avait une porte cochère de dimension ordinaire et dont le percement ne remontait évidemment pas à plus d'une cinquantaine d'années.

Un tilleul montrait son branchage au-dessus du pan coupé et le mur était couvert de lierre du côté de la rue Polonceau.

Dans l'imminent péril où se trouvait Jean Valjean, ce bâtiment sombre avait quelque chose d'inhabité et de solitaire qui le tentait. Il le parcourut rapidement des yeux. Il se disait que s'il parvenait à y pénétrer, il était peut-être sauvé. Il eut d'abord une idée et une espérance.

Dans la partie moyenne de la devanture de ce bâtiment sur la rue Droit-Mur, il y avait à toutes les fenêtres des divers étages de vieilles cuvettes-entonnoirs en plomb. Les embranchements variés des conduits qui allaient d'un conduit central aboutir à toutes ces cuvettes, dessinaient sur la façade une espèce d'arbre. Ces ramifications de tuyaux avec leurs cent coudes imitaient ces vieux ceps de vigne dépouillés qui se tordent sur les devantures des anciennes fermes.

Ce bizarre espalier aux branches de tôle et de fer fut le premier objet qui frappa Jean Valjean. Il assit Cosette le dos contre une borne en lui recommandant le silence et courut à l'endroit où le conduit venait toucher le pavé. Peut-être y avait-il moyen d'escalader par là et d'entrer dans la maison. Mais le conduit était délabré et hors de service et tenait à peine à son scellement. D'ailleurs toutes les fenêtres de ce logis silencieux était grillées d'épaisses barres de fer, même les mansardes du toit. Et puis la lune éclairait pleinement cette façade, et l'homme qui l'observait du bout de la rue aurait vu Jean Valjean faire l'escalade. Enfin que faire de Cosette? comment la hisser au haut d'une maison à trois étages ?

Il renonça à grimper par le conduit et rampa le long du mur pour rentrer dans la rue Polonceau.

Quand il fut au pan coupé où il avait laissé Cosette, il remarqua que, là, personne ne pouvait le
voir. Il échappait, comme nous venons de l'expliquer, à tous les regards, de quelque côté qu'ils
vinssent. En outre il était dans l'ombre. Enfin il y
avait deux portes. Peut-être pourrait-on les forcer.
Le mur au-dessus duquel il voyait le tilleul et
le lierre donnait évidemment dans un jardin où il
pourrait au moins se cacher, quoiqu'il n'y eût pas
encore de feuilles aux arbres, et passer le reste de
la nuit.

Le temps s'écoulait. Il fallait faire vite.

Il tâta la porte cochère et reçonnut tout de suite
qu'elle était condamnée au dedans et au dehors.

Il s'approcha de l'autre grande porte avec plus
d'espoir. Elle était affreusement décrépite, son im-
mensité même la rendait moins solide, les planches
étaient pourries, les ligatures de fer, il n'y en avait
que trois, étaient rouillées. Il semblait possible de
percer cette clôture vermoulue.

En l'examinant, il vit que cette porte n'était pas
une porte. Elle n'avait ni gonds, ni pentures, ni
serrure, ni fente au milieu. Les bandes de fer la
traversaient de part en part sans solution de conti-

nuité. Par les crevasses des planches il entrevit des moellons et des pierres grossièrement cimentés que les passants pouvaient y voir encore il y a dix ans. Il fut forcé de s'avouer avec consternation que cette apparence de porte était simplement le parement en bois d'une bâtisse à laquelle elle était adossée. Il était facile d'arracher une planche, mais on se trouvait face à face avec un mur.

V

QUI SERAIT IMPOSSIBLE AVEC L'ÉCLAIRAGE
AU GAZ

En ce moment un bruit sourd et cadencé commença à se faire entendre à quelque distance. Jean Valjean risqua un peu son regard en dehors du coin de la rue. Sept ou huit soldats disposés en peloton venaient de déboucher dans la rue Polonceau. Il voyait briller les baïonnettes. Cela venait vers lui.

Ces soldats, en tête desquels il distinguait la haute stature de Javert, s'avançaient lentement et avec précaution. Ils s'arrêtaient fréquemment. Il était visible qu'ils exploraient tous les recoins des murs et toutes les embrasures de portes et d'allées.

C'était, et ici la conjecture ne pouvait se tromper, quelque patrouille que Javert avait rencontrée et qu'il avait requise.

Les deux acolytes de Javert marchaient dans leurs rangs.

Du pas dont ils marchaient et avec les stations qu'ils faisaient, il leur fallait environ un quart d'heure pour arriver à l'endroit où se trouvait Jean Valjean. Ce fut un instant affreux. Quelques minutes séparaient Jean Valjean de cet épouvantable précipice qui s'ouvrait devant lui pour la troisième fois. Et le bagne maintenant n'était plus seulement le bagne, c'était Cosette perdue à jamais; c'est-à-dire une vie qui ressemblait au dedans d'une tombe.

Il n'y avait plus qu'une chose possible.

Jean Valjean avait cela de particulier qu'on pouvait dire qu'il portait deux besaces; dans l'une il avait les pensées d'un saint, dans l'autre les redoutables talents d'un forçat. Il fouillait dans l'une ou dans l'autre, selon l'occasion.

Entre autres ressources, grâce à ses nombreuses évasions du bagne de Toulon, il était, on s'en souvient, passé maître dans cet art incroyable de s'élever, sans échelles, sans crampons, par la seule force musculaire, en s'appuyant de la nuque, des épaules, des hanches et des genoux, en s'aidant à peine des rares reliefs de la pierre, dans l'angle droit d'un mur, au besoin jusqu'à la hauteur d'un sixième étage; art qui a rendu si effrayant et si célèbre le coin de la cour de la Conciergerie de Paris par où s'échappa, il y a une vingtaine d'années, le condamné Battemolle.

Jean Valjean mesura des yeux la muraille au-dessus de laquelle il voyait le tilleul. Elle avait environ dix-huit pieds de haut. L'angle qu'elle faisait avec le pignon du grand bâtiment était rempli, dans sa partie inférieure, d'un massif de maçonnerie de forme triangulaire, probablement destiné à préserver ce trop commode recoin des stations de ces stercoraires qu'on appelle les passants. Ce remplissage préventif des coins de mur est fort usité à Paris.

Ce massif avait environ cinq pieds de haut. Du sommet de ce massif l'espace à franchir pour arriver sur le mur n'était guère que de quatorze pieds.

Le mur était surmonté d'une pierre plate sans chevron.

La difficulté était Cosette. Cosette, elle, ne savait pas escalader un mur. L'abandonner? Jean Valjean n'y songeait pas. L'emporter était impossible. Toutes les forces d'un homme lui sont nécessaires pour mener à bien ces étranges ascensions. Le moindre fardeau dérangerait son centre de gravité et le précipiterait.

Il aurait fallu une corde. Jean Valjean n'en avait pas. Où trouver une corde à minuit, rue Polonceau? Certes en cet instant-là, si Jean Valjean avait eu un royaume, il l'eût donné pour une corde.

Toutes les situations extrêmes ont leurs éclairs qui tantôt nous aveuglent, tantôt nous illuminent.

Le regard désespéré de Jean Valjean rencontra la potence du réverbère du cul-de-sac Genrot.

A cette époque il n'y avait point de becs de gaz dans les rues de Paris. A la nuit tombante on y allumait des réverbères placés de distance en distance, lesquels montaient et descendaient au moyen

d'une corde qui traversait la rue de part en part
et qui s'ajustait dans la rainure d'une potence. Le
tourniquet où se dévidait cette corde était scellé au-
dessous de la lanterne dans une petite armoire de
fer dont l'allumeur avait la clef, et la corde elle-
même était protégée par un étui de métal.

Jean Valjean, avec l'énergie d'une lutte suprême,
franchit la rue d'un bond, entra dans le cul-de-sac,
fit sauter le pêne de la petite armoire avec la pointe
de son couteau, et un instant après il était revenu
près de Cosette. Il avait une corde. Ils vont vite
en besogne, ces sombres trouveurs d'expédients,
aux prises avec la fatalité.

Nous avons expliqué que les réverbères n'avaient
pas été allumés cette nuit-là. La lanterne du cul-
de-sac Genrot se trouvait donc naturellement
éteinte comme les autres, et l'on pouvait passer à
côté sans même remarquer qu'elle n'était plus à sa
place.

Cependant l'heure, le lieu, l'obscurité, la préoccupation de Jean Valjean, ses gestes singuliers,
ses allées et venues, tout cela commençait à in-
quiéter Cosette. Tout autre enfant qu'elle aurait
depuis longtemps jeté les hauts cris. Elle se borna

à tirer Jean Valjean par le pan de sa redingote. On entendait toujours de plus en plus distinctement le bruit de la patrouille qui approchait.

— Père, dit-elle tout bas, j'ai peur. Qu'est-ce qui vient donc là?

— Chut! répondit le malheureux homme, c'est la Thénardier.

Cosette tressaillit. Il ajouta :

— Ne dis rien. Laisse-moi faire. Si tu cries, si tu pleures, la Thénardier te guette. Elle vient pour te ravoir.

Alors, sans se hâter, mais sans s'y reprendre à deux fois pour rien, avec une précision ferme et brève, d'autant plus remarquable en un pareil moment que la patrouille et Javert pouvaient survenir d'un instant à l'autre, il défit sa cravate, la passa autour du corps de Cosette sous les aisselles en ayant soin qu'elle ne pût blesser l'enfant, rattacha cette cravate à un bout de la corde au moyen de ce nœud que les gens de mer appellent nœud d'hirondelle, prit l'autre bout de cette corde dans ses dents, ôta ses souliers et ses bas qu'il jeta par-dessus la muraille, monta sur le massif de maçonnerie et commença à s'élever dans l'angle du mur et du pignon avec autant de solidité et de certitude que s'il eût eu des échelons sous les talons et sous les coudes. Une demi-minute ne s'était pas écoulée qu'il était à genoux sur le mur.

Cosette le considérait avec stupeur, sans dire une parole. La recommandation de Jean Valjean et le nom de la Thénardier l'avaient glacée.

Tout à coup elle entendit la voix de Jean Valjean qui lui criait, tout en restant très-basse :

— Adosse-toi au mur.

Elle obéit.

— Ne dis pas un mot et n'aie pas peur, reprit Jean Valjean.

Et elle se sentit enlever de terre.

Avant qu'elle eût le temps de se reconnaître, elle était au haut de la muraille.

Jean Valjean la saisit, la mit sur son dos, lui prit ses deux petites mains dans sa main gauche, se coucha à plat ventre et rampa sur le haut du mur jusqu'au pan coupé. Comme il l'avait deviné, il y avait là une bâtisse dont le toit partait du haut de la clôture en bois et descendait fort près de terre, selon un plan assez doucement incliné, en effleurant le tilleul.

Circonstance heureuse, car la muraille était beaucoup plus haute de ce côté que du côté de la rue. Jean Valjean n'apercevait le sol au-dessous de lui que très-profondément.

Il venait d'arriver au plan incliné du toit et n'avait pas encore lâché la crête de la muraille lorsqu'un hourvari violent annonça l'arrivée de la patrouille. On entendit la voix tonnante de Javert :

— Fouillez le cul-de-sac ! La rue Droit-Mur est gardée, la petite rue Picpus aussi. Je réponds qu'il est dans le cul-de-sac !

Les soldats se précipitèrent dans le cul-de-sac Genrot.

Jean Valjean se laissa glisser le long du toit, tout en soutenant Cosette, atteignit le tilleul et sauta à terre. Soit terreur, soit courage, Cosette n'avait pas soufflé. Elle avait les mains un peu écorchées.

VI

COMMENCEMENT D'UNE ÉNIGME

Jean Valjean se trouvait dans une espèce de jardin fort vaste et d'un aspect singulier; un de ces
jardins tristes qui semblent faits pour être regar-
dés l'hiver et la nuit. Ce jardin était d'une forme
oblongue avec une allée de grands peupliers au
fond, des futaies assez hautes dans les coins et un
espace sans ombre au milieu, où l'on distinguait
un très-grand arbre isolé, puis quelques arbres

fruitiers tordus et hérissés comme de grosses
broussailles, des carrés de légumes, une melonnière dont les cloches brillaient à la lune et un
vieux puisard. Il y avait çà et là des bancs de
pierre qui semblaient noirs de mousse. Les allées
étaient bordées de petits arbustes sombres et toutes
droites. L'herbe en envahissait la moitié et une moisissure verte couvrait le reste.

Jean Valjean avait à côté de lui la bâtisse dont le
toit lui avait servi pour descendre, un tas de fagots, et derrière les fagots, tout contre le mur,
une statue de pierre dont la face mutilée n'était
plus qu'un masque informe qui apparaissait vaguement dans l'obscurité.

La bâtisse était une sorte de ruine où l'on distinguait des chambres démantelées dont une, tout
encombrée, semblait servir de hangar.

Le grand bâtiment de la rue Droit-Mur qui faisait retour sur la petite rue Picpus, développait
sur ce jardin deux façades en équerre. Ces façades
du dedans étaient plus tragiques encore que celle
du dehors. Toutes les fenêtres étaient grillées. On
n'y entrevoyait aucune lumière. Aux étages supérieurs il y avait des hottes comme aux prisons.

L'une de ces façades projetait sur l'autre son ombre qui retombait sur le jardin comme un immense drap noir.

On n'apercevait pas d'autre maison. Le fond du jardin se perdait dans la brume et dans la nuit. Cependant on y distinguait confusément des murailles qui s'entrecoupaient comme s'il y avait d'autres cultures au delà, et les toits bas de la rue Polonceau.

On ne pouvait rien se figurer de plus farouche et de plus solitaire que ce jardin. Il n'y avait personne, ce qui était tout simple à cause de l'heure ; mais il ne semblait pas que cet endroit fût fait pour que quelqu'un y marchât, même en plein midi.

Le premier soin de Jean Valjean avait été de retrouver ses souliers et de se rechausser, puis d'entrer dans le hangar avec Cosette. Celui qui s'évade ne se croit jamais assez caché. L'enfant, songeant toùjours à la Thénardier, partageait son instinct de se blottir le plus possible.

Cosette tremblait et se serrait contre lui. On entendait le bruit tumultueux de la patrouille qui fouillait le cul-de-sac et la rue, les coups de crosse

contre les pierres, les appels de Javert aux mouchards qu'il avait postés, et ses imprécations mê-
lées de paroles qu'on ne distinguait point.

Au bout d'un quart d'heure, il sembla que cette
espèce de grondement orageux commençait à s'é-
loigner. Jean Valjean ne respirait pas.

Il avait posé doucement sa main sur la bouche
de Cosette.

Au reste la solitude où il se trouvait était si
étrangement calme que cet effroyable tapage, si
furieux et si proche, n'y jetait même pas l'ombre
d'un trouble. Il semblait que ces murs fussent
bâtis avec ces pierres sourdes dont parle l'Écri-
ture.

Tout à coup, au milieu de ce calme profond, un
nouveau bruit s'éleva; un bruit céleste, divin, ineffable, aussi ravissant que l'autre était horrible.
C'était un hymne qui sortait des ténèbres, un
éblouissement de prière et d'harmonie dans l'obscur et effrayant silence de la nuit; des voix de
femmes, mais des voix composées à la fois de l'accent pur des vierges et de l'accent naïf des enfants,
de ces voix qui ne sont pas de la terre et qui ressemblent à celles que les nouveau-nés entendent

encore et que les moribonds entendent déjà. Ce chant venait du sombre édifice qui dominait le jardin. Au moment où le vacarme des démons s'éloignait, on eût dit un chœur d'anges qui s'approchait dans l'ombre.

Cosette et Jean Valjean tombèrent à genoux.

Ils ne savaient pas ce que c'était, ils ne savaient pas où ils étaient, mais ils sentaient tous deux, l'homme et l'enfant, le pénitent et l'innocent, qu'il fallait qu'ils fussent à genoux.

Ces voix avaient cela d'étrange qu'elles n'empêchaient pas que le bâtiment ne parût désert. C'était comme un chant surnaturel dans une demeure inhabitée.

Pendant que ces voix chantaient, Jean Valjean ne songeait plus à rien. Il ne voyait plus la nuit, il voyait un ciel bleu. Il lui semblait sentir s'ouvrir ces ailes que nous avons tous au dedans de nous.

Le chant s'éteignit. Il avait peut-être duré longtemps. Jean Valjean n'aurait pu le dire. Les heures de l'extase ne sont jamais qu'une minute.

Tout était retombé dans le silence. Plus rien dans la rue, plus rien dans le jardin. Ce qui menaçait; ce qui rassurait, tout s'était évanoui. Le vent froissait dans la crête du mur quelques herbes sèches qui faisaient un petit bruit doux et lugubre.

VII

SUITE DE L'ÉNIGME

La bise de nuit s'était levée, ce qui indiquait qu'il devait être entre une et deux heures du matin. La pauvre Cosette ne disait rien. Comme elle s'était assise à son côté et qu'elle avait penché sa tête sur lui, Jean Valjean pensa qu'elle s'était endormie. Il se baissa et la regarda. Cosette avait les yeux tout grands ouverts et un air pensif qui fit mal à Jean Valjean.

Elle tremblait toujours.

— As-tu envie de dormir? dit Jean Valjean.

— J'ai bien froid, répondit-elle.

Un moment après elle reprit :

— Est-ce qu'elle est toujours là ?

— Qui ? dit Jean Valjean.

— Madame Thénardier.

Jean Valjean avait déjà oublié le moyen dont il s'était servi pour faire garder le silence à Cosette.

— Ah ! dit-il, elle est partie. Ne crains plus rien.

L'enfant soupira comme si un poids se soulevait de dessus sa poitrine.

La terre était humide, le hangar ouvert de toute part, la bise plus fraîche à chaque instant. Le bonhomme ôta sa redingote et en enveloppa Cosette.

— As-tu moins froid, ainsi? dit-il.

— Oh oui, père !

— Eh bien, attends-moi un instant. Je vais revenir.

Il sortit de la ruine, et se mit à longer le grand bâtiment, cherchant quelque abri meilleur. Il rencontra des portes, mais elles étaient fermées. Il y avait des barreaux à toutes les croisées du rez-de-chaussée.

Comme il venait de dépasser l'angle intérieur de l'édifice, il remarqua qu'il arrivait à des fenêtres cintrées, et il y aperçut quelque clarté. Il se haussa sur la pointe du pied et regarda par l'une de ces fenêtres. Elles donnaient toutes dans une salle assez vaste, pavée de larges dalles, coupée d'arcades et de piliers, où l'on ne distinguait rien qu'une petite lueur et de grandes ombres. La lueur venait d'une veilleuse allumée dans un coin. Cette salle était déserte et rien n'y bougeait. Cependant, à force de regarder, il crut voir à terre, sur le pavé, quelque chose qui paraissait couvert d'un linceul et qui ressemblait à une forme humaine. Cela était étendu à plat ventre, la face contre la pierre, les bras en croix, dans l'immobilité de la mort. On eût dit, à une sorte de serpent qui traînait sur le pavé, que cette forme sinistre avait la corde au cou.

Toute la salle baignait dans cette brume des lieux à peine éclairés, qui ajoute à l'horreur.

Jean Valjean a souvent dit depuis que, quoique bien des spectacles funèbres eussent traversé sa vie, jamais il n'avait rien vu de plus glaçant et de

plus terrible que cette figure énigmatique accom-
plissant on ne sait quel mystère inconnu dans ce
lieu sombre et ainsi entrevue dans la nuit. Il était
effrayant de supposer que cela était peut-être
mort, et plus effrayant encore. de songer que cela
était peut-être vivant.

Il eut le courage de coller son front à la vitre et
d'épier si cette chose remuerait. Il eut beau rester
un temps qui lui parut très-long, la forme étendue
ne faisait aucun mouvement. Tout à coup il se
sentit pris d'une épouvante inexprimable, et il s'en-
fuit. Il se mit à courir vers le hangar sans oser
regarder en arrière. Il lui semblait que s'il tournait la tête il verrait la figure marcher derrière lui
à grands pas en agitant les bras.

- Il arriva à la ruine haletant. Ses genoux pliaient ;
la sueur lui coulait dans les reins.

Où était-il ? qui aurait jamais pu s'imaginer quelque chose de pareil à cette espèce de sépulcre au
milieu de Paris ? qu'était-ce que cette étrange maison ? Édifice plein de mystère nocturne, appelant
les âmes dans l'ombre avec la voix des anges et,
lorsqu'elles viennent, leur offrant brusquement
cette vision épouvantable, promettant d'ouvrir la

porte radieuse du ciel et ouvrant la porte horrible
du tombeau! Et cela était bien en effet un édifice,
une maison qui avait son numéro dans une rue! Ce
n'était pas un rêve! Il avait besoin d'en toucher
les pierres pour y croire.

Le froid, l'anxiété, l'inquiétude, les émotions
de la soirée, lui donnaient une véritable fièvre, et
toutes ces idées s'entre-heurtaient dans son cerveau.

Il s'approcha de Cosette. Elle dormait.

·

VIII

L'ÉNIGME REDOUBLE

L'enfant avait posé sa tête sur une pierre et s'était endormie.

Il s'assit auprès d'elle et se mit à la considérer. Peu à peu, à mesure qu'il la regardait, il se calmait, et il reprenait possession de sa liberté d'esprit.

Il apercevait clairement cette vérité, le fond de sa vie désormais, que tant qu'elle serait là, tant

qu'il l'aurait près de lui, il n'aurait besoin de rien
que pour elle, ni peur de rien qu'à cause d'elle. Il
ne sentait même pas qu'il avait très-froid, ayant
quitté sa redingote pour l'en couvrir.

Cependant, à travers la rêverie où il était tombé,
il entendait depuis quelque temps un bruit singulier. C'était comme un grelot qu'on agitait. Ce
bruit était dans le jardin. On l'entendait distinctement, quoique faiblement. Cela ressemblait à la
petite musique vague que font les clarines des bes-
tiaux la nuit dans les pâturages.

Ce bruit fit retourner Jean Valjean.

Il regarda, et vit qu'il y avait quelqu'un dans le
jardin.

Un être qui ressemblait à un homme marchait
au milieu des cloches de la melonnière, se levant,
se baissant, s'arrêtant, avec des mouvements régu-
liers, comme s'il traînait ou étendait quelque chose
à terre. Cet être paraissait boiter.

Jean Valjean tressaillit avec ce tremblement con-
tinuel des malheureux. Tout leur est hostile et
suspect. Ils se défient du jour parce qu'il aide à
les voir et de la nuit parce qu'elle aide à les sur-
prendre. Tout à l'heure il frissonnait de ce que le

jardin était désert, maintenant il frissonnait de ce qu'il y avait quelqu'un.

Il retomba des terreurs chimériques aux terreurs réelles. Il se dit que Javert et les mouchards n'étaient peut-être pas partis, que sans doute ils avaient laissé dans la rue des gens en observation, que, si cet homme le découvrait dans ce jardin, il cricrait au voleur, et le livrerait. Il prit doucement Cosette endormie dans ses bras et la porta derrière un tas de vieux meubles hors d'usage, dans le coin le plus reculé du hangar. Cosette ne remua pas.

De là il observa les allures de l'être qui était dans la melonnière. Ce qui était bizarre, c'est que le bruit du grelot suivait tous les mouvements de cet homme. Quand l'homme s'approchait, le bruit s'approchait; quand il s'éloignait, le bruit s'éloignait; s'il faisait quelque geste précipité, un trémolo accompagnait ce geste; quand il s'arrêtait, le bruit cessait. Il paraissait évident que le grelot était attaché à cet homme; mais alors qu'est-ce que cela pouvait signifier? qu'était-ce que cet homme auquel une clochette était suspendue comme à un bélier ou à un bœuf?

Tout en se faisant ces questions, il toucha les mains de Cosette. Elles étaient glacées.

— Ah mon Dieu! dit-il.

Il l'appela à voix basse :

— Cosette !

Elle n'ouvrit pas les yeux.

Il la secoua vivement.

Elle ne s'éveilla pas.

— Serait-elle morte! dit-il, et il se dressa debout, frémissant de la tête aux pieds.

Les idées les plus affreuses lui traversèrent l'esprit pêle-mêle. Il y a des moments où les suppositions hideuses nous assiégent comme une cohue de furies et forcent violemment les cloisons de notre cerveau. Quand il s'agit de ceux que nous aimons, notre prudence invente toutes les folies. Il se souvint que le sommeil peut être mortel en plein air dans une nuit froide.

Cosette, pâle, était retombée étendue à terre à ses pieds sans faire un mouvement.

Il écouta son souffle; elle respirait; mais d'une respiration qui lui paraissait faible et prête à s'éteindre.

Comment la réchauffer? comment la réveiller?

Tout ce qui n'était pas ceci s'effaça de sa pensée. Il s'élança éperdu hors de la ruine.

Il fallait absolument qu'avant un quart d'heure Cosette fût devant un feu et dans un lit.

IX

L'HOMME AU GRELOT

Il marcha droit à l'homme qu'il apercevait dans le jardin. Il avait pris à sa main le rouleau d'argent qui était dans la poche de son gilet.

Cet homme baissait la tête et ne le voyait pas venir. En quelques enjambées, Jean Valjean fut à lui.

Jean Valjean l'aborda en criant :

— Cent francs !

L'homme fit un soubresaut et leva les yeux.

— Cent francs à gagner, reprit Jean Valjean, si vous me donnez asile pour cette nuit !

La lune éclairait en plein le visage effaré de Jean Valjean.

— Tiens, c'est vous, père Madeleine ! dit l'homme.

Ce nom, ainsi prononcé, à cette heure obscure, dans ce lieu inconnu, par cet homme inconnu, fit reculer Jean Valjean.

Il s'attendait à tout, excepté à cela. Celui qui lui parlait était un vieillard courbé et boiteux, vêtu à peu près comme un paysan, qui avait au genou gauche une genouillère de cuir où pendait une assez grosse clochette. On ne distinguait pas son visage qui était dans l'ombre.

Cependant le bonhomme avait ôté son bonnet, et s'écriait tout tremblant :

— Ah mon Dieu ! comment êtes-vous ici, père Madeleine ? Par où êtes-vous entré, Dieu Jésus ? Vous tombez donc du ciel ! Ce n'est pas l'embarras, si vous tombez jamais, c'est de là que vous tomberez. Et comme vous voilà fait ! Vous n'avez

pas de cravate, vous n'avez pas de chapeau, vous
n'avez pas d'habit! Savez-vous que vous auriez
fait peur à quelqu'un qui ne vous aurait pas connu?
Pas d'habit! Mon Dieu Seigneur, est-ce que les
saints deviennent fous à présent? Mais comment
donc êtes-vous entré ici?

Un mot n'attendait pas l'autre. Le vieux homme
parlait avec une volubilité campagnarde où il n'y
avait rien d'inquiétant. Tout cela était dit avec un
mélange de stupéfaction et de bonhomie naïve.

— Qui êtes-vous? et qu'est-ce que c'est que
cette maison-ci? demanda Jean Valjean.

— Ah, pardieu, voilà qui est fort, s'écria le
vieillard, je suis celui que vous avez fait placer ici,
et cette maison est celle où vous m'avez fait placer. Comment! vous ne me reconnaissez pas?

— Non, dit Jean Valjean. Et comment se fait-il
que vous me connaissiez, vous?

— Vous m'avez sauvé la vie, dit l'homme.

Il se tourna, un rayon de lune lui dessina le
profil, et Jean Valjean reconnut le vieux Fauchelevent.

— Ah! dit Jean Valjean, c'est vous? oui, je
vous reconnais.

— C'est bien heureux ! fit le vieux d'un ton de reproche.

— Et que faites-vous ici ? reprit Jean Valjean.

— Tiens ! je couvre mes melons, donc !

Le vieux Fauchelevent tenait en effet à la main, au moment où Jean Valjean l'avait accosté, le bout d'un paillasson qu'il était occupé à étendre sur la melonnière. Il en avait déjà ainsi posé un certain nombre depuis une heure environ qu'il était dans le jardin. C'était cette opération qui lui faisait faire les mouvements particuliers observés du hangar par Jean Valjean.

Il continua :

— Je me suis dit : la lune est claire, il va geler. Si je mettais à mes melons leurs carricks ? Et, ajouta-t-il, en regardant Jean Valjean avec un gros rire, vous auriez pardieu bien dû en faire autant ! mais comment donc êtes-vous ici ?

Jean Valjean, se sentant connu par cet homme, du moins sous son nom de Madeleine, n'avançait plus qu'avec précaution. Il multipliait les questions. Chose bizarre, les rôles semblaient intervertis. C'était lui, intrus, qui interrogeait.

— Et qu'est-ce que c'est que cette sonnette que vous avez au genou?

— Ça? répondit Fauchelevent, c'est pour qu'on m'évite.

— Comment! pour qu'on vous évite?

Le vieux Fauchelevent cligna de l'œil d'un air inexprimable.

— Ah dame! il n'y a que des femmes dans cette maison-ci; beaucoup de jeunes filles. Il paraît que je serais dangereux à rencontrer. La sonnette les avertit. Quand je viens, elles s'en vont.

— Qu'est-ce que c'est que cette maison-ci?

— Tiens, vous savez bien.

— Mais non, je ne sais pas.

— Puisque vous m'y avez fait placer jardinier!

— Répondez-moi comme si je ne savais rien.

— Eh bien, c'est le couvent du Petit-Picpus, donc!

Les souvenirs revenaient à Jean Valjean. Le hasard, c'est-à-dire, la Providence, l'avait jeté précisément dans ce couvent du quartier Saint-Antoine où le vieux Fauchelevent, estropié par la chute de sa charrette, avait été admis sur sa recommandation, il y avait deux ans de cela. Il répéta comme se parlant à lui-même :

— Le couvent du Petit-Picpus !

— Ah çà, mais au fait, reprit Fauchelevent, comment diable avez-vous fait pour y entrer, vous, père Madeleine? vous avez beau être un saint, vous êtes un homme, et il n'entre pas d'hommes ici.

— Vous y êtes bien.

— Il n'y a que moi.

— Cependant, reprit Jean Valjean, il faut que j'y reste.

— Ah mon Dieu ! s'écria Fauchelevent.

Jean Valjean s'approcha du vieillard et lui dit d'une voix grave :

— Père Fauchelevent, je vous ai sauvé la vie.

— C'est moi qui m'en suis souvenu le premier, répondit Fauchelevent.

— Eh bien, vous pouvez faire aujourd'hui pour moi ce que j'ai fait autrefois pour vous.

Fauchelevent prit dans ses vieilles mains ridées et tremblantes les deux robustes mains de Jean Valjean, et fut quelques secondes comme s'il ne pouvait parler. Enfin il s'écria :

— Oh ! ce serait une bénédiction du bon Dieu si je pouvais vous rendre un peu cela ! moi ! vous sauver la vie! monsieur le maire, disposez du vieux bonhomme!

Une joie admirable avait comme transfiguré ce vieillard. Un rayon semblait lui sortir du visage.

— Que voulez-vous que je fasse? reprit-il.

— Je vous expliquerai cela. Vous avez une chambre?

— J'ai une baraque isolée, là, derrière la ruine du vieux couvent, dans un recoin que personne ne voit. Il y a trois chambres.

La baraque était en effet si bien cachée derrière la ruine et si bien disposée pour que personne ne la vît, que Jean Valjean ne l'avait pas vue.

— Bien, dit Jean Valjean. Maintenant je vous demande deux choses.

— Lesquelles, monsieur le maire?

— Premièrement, vous ne direz à personne ce que vous savez de moi. Deuxièmement, vous ne chercherez pas à en savoir davantage.

— Comme vous voudrez. Je sais que vous ne pouvez rien faire que d'honnête et que vous avez toujours été un homme du bon Dieu. Et puis d'ailleurs, c'est vous qui m'avez mis ici. Ça vous regarde. Je suis à vous.

— C'est dit. A présent, venez avec moi. Nous allons chercher l'enfant.

— Ah! dit Fauchelevent. Il y a un enfant?

Il n'ajouta pas une parole et suivit Jean Valjean comme un chien suit son maître.

Moins d'une demi-heure après, Cosette, redevenue rose à la flamme d'un bon feu, dormait dans le lit du vieux jardinier. Jean Valjean avait remis sa cravate et sa redingote; le chapeau lancé pardessus le mur avait été retrouvé et ramassé; pendant que Jean Valjean endossait sa redingote, Fauchelevent avait ôté sa genouillère à clochette, qui maintenant, accrochée à un clou près d'une hotte, ornait le mur. Les deux hommes se chauffaient accoudés sur une table où Fauchelevent avait posé un morceau de fromage, du pain bis, une bouteille de vin et deux verres, et le vieux disait à Jean Valjean en lui posant la main sur le genou :

— Ah! père Madeleine! vous ne m'avez pas reconnu tout de suite! vous sauvez la vie aux gens, et après vous les oubliez! Oh! c'est mal! eux ils se souviennent de vous! vous êtes un ingrat!

X .

OÙ IL EST EXPLIQUÉ COMMENT JAVERT

A FAIT BUISSON CREUX

Les événements dont nous venons de voir, pour ainsi dire, l'envers, s'étaient accomplis dans les conditions les plus simples.

Lorsque Jean Valjean, dans la nuit même du jour où Javert l'arrêta près du lit de mort de Fantine, s'échappa de la prison municipale de M.— sur M.—, la police supposa que le forçat évadé

avait dû se diriger vers Paris. Paris est un mal-
stroëm où tout se perd, et tout disparaît dans ce
nombril du monde comme dans le nombril de la
mer. Aucune forêt ne cache un homme comme
cette foule. Les fugitifs de toute espèce le savent.
Ils vont à Paris comme à un engloutissement ; il y
a des engloutissements qui sauvent. La police le
sait aussi, et c'est à Paris qu'elle cherche ce qu'elle
a perdu ailleurs. Elle y chercha l'ex-maire de
M.— sur M.—. Javert fut appelé à Paris afin
d'éclairer les perquisitions. Javert en effet aida
puissamment à reprendre Jean Valjean. Le zèle et
l'intelligence de Javert en cette occasion furent re-
marqués de M. Chabouillet, secrétaire de la préfecture sous le comte Anglès. M. Chabouillet, qui
du reste avait déjà protégé Javert, fit attacher l'inspecteur de M.— sur M.— à la police de Paris. Là
Javert se rendit diversement et, disons-le, quoique
le mot semble inattendu pour de pareils services,
honorablement utile.

Il ne songeait plus à Jean Valjean, — à ces
chiens toujours en chasse le loup d'aujourd'hui
fait oublier le loup d'hier, — lorsqu'en décembre
1823, il lut un journal, lui qui ne lisait jamais de

journaux; mais Javert, homme monarchique, avait tenu à savoir les détails de l'entrée triomphale du « prince généralissime » à Bayonne. Comme il achevait l'article qui l'intéressait, un nom, le nom de Jean Valjean, au bas d'une page, appela son attention. Le journal annonçait que le forçat Jean Valjean était mort, et publiait le fait en termes si formels que Javert n'en douta pas. Il se borna à dire : *c'est là le bon écrou.* Puis il jeta le journal, et n'y pensa plus.

Quelque temps après il arriva qu'une note de police fut transmise par la préfecture de Seine-et-Oise à la préfecture de police de Paris sur l'enlèvement d'un enfant, qui avait eu lieu, disait-on, avec des circonstances particulières, dans la commune de Montfermeil. Une petite fille de sept à huit ans, disait la note, qui avait été confiée par sa mère à un aubergiste du pays, avait été volée par un inconnu; cette petite répondait au nom de Cosette et était l'enfant d'une fille nommée Fantine, morte à l'hôpital, on ne savait quand ni où. Cette note passa sous les yeux de Javert, et le rendit rêveur.

Le nom de Fantine lui était bien connu. Il se

souvenait que Jean Valjean l'avait fait éclater de
rire, lui Javert, en lui demandant un répit de trois
jours pour aller chercher l'enfant de cette créature.
Il se rappela que Jean Valjean avait été arrêté à
Paris au moment où il montait dans la voiture de
Montfermeil. Quelques indications avaient même
fait songer à cette époque que c'était·la seconde
fois qu'il montait dans cette voiture et qu'il avait
déjà, la veille, fait une première excursion aux en-
virons de ce village, car on ne l'avait point vu dans
le village même. Qu'allait-il faire dans ce pays de
Montfermeil? on ne l'avait pu deviner. Javert le
comprenait maintenant. La fille de Fantine s'y trouvait. Jean Valjean l'allait chercher. Or, cette enfant
venait d'être volée par un inconnu! Quel pouvait
être cet inconnu? Serait-ce Jean Valjean? mais Jean
Valjean était mort. — Javert, sans rien dire à personne, prit le coucou du Plat d'étain, cul-de-sac
de la Planchette, et fit le voyage de Montfermeil.

Il s'attendait à trouver là un grand éclaircisse-
ment; il y trouva une grande obscurité.

Dans les premiers jours, les Thénardier, dépi-
tés, avaient jasé. La disparition de l'Alouette avait
fait bruit dans le village. Il y avait eu tout de suite

plusieurs versions de l'histoire qui avait fini par
être un vol d'enfant. De là, la note de police. Cependant, la première humeur passée, le Thénardier, avec son admirable instinct, avait très-vite
compris qu'il n'est jamais utile d'émouvoir monsieur le procureur du roi, et que ses plaintes à
propos de *l'enlèvement* de Cosette auraient pour
premier résultat de fixer sur lui, Thénardier, et sur
beaucoup d'affaires troubles qu'il avait, l'étince-
lante prunelle de la justice. La première chose que
les hiboux ne veulent pas, c'est qu'on leur apporte
une chandelle. Et d'abord, comment se tirerait-il
des quinze cents francs qu'il avait reçus? Il tourna
court, mit un bâillon à sa femme, et fit l'étonné
quand on lui parlait de *l'enfant volé*. Il n'y comprenait rien; sans doute il s'était plaint dans le
moment de ce qu'on lui « enlevait » si vite cette
chère petite; il eût voulu par tendresse la garder
encore deux ou trois jours ; mais c'était son
« grand-père » qui était venu la chercher le plus
naturellement du monde. Il avait ajouté le grand-
père, qui faisait bien. Ce fut sur cette histoire que
Javert tomba en arrivant à Montfermeil. Le grand-
père faisait évanouir Jean Valjean.

Javert pourtant enfonça quelques questions,
comme des sondes, dans l'histoire de Thénardier.
— Qu'était-ce que ce grand-père et comment
s'appelait-il ? — Thénardier répondit avec simplicité : — C'est un riche cultivateur. J'ai vu son
passe-port. Je crois qu'il s'appelle M. Guillaume
Lambert.

Lambert est un nom bonhomme et très-rassu-
rant. Javert s'en revint à Paris.

— Le Jean Valjean est bien mort, se dit-il, et
je suis un jobard.

Il recommençait à oublier toute cette histoire,
lorsque, dans le courant de mars 1824, il entendit
parler d'un personnage bizarre qui habitait sur la
paroisse de Saint-Médard et qu'on surnommait « le
mendiant qui fait l'aumône. » Ce personnage était,
disait-on, un rentier dont personne ne savait au
juste le nom et qui vivait seul avec une petite fille
de huit ans, laquelle ne savait rien elle-même,
sinon qu'elle venait de Montfermeil. Montfermeil !
ce nom revenait toujours, et fit dresser l'oreille à
Javert. Un vieux mendiant mouchard, ancien bedeau, auquel ce personnage faisait la charité, ajoutait quelques autres détails. — Ce rentier était un

être très-farouche, — ne sortant jamais que le soir, — ne parlant à personne, — qu'aux pauvres quelquefois, — et ne se laissant pas approcher. Il portait une horrible vieille redingote jaune qui valait plusieurs millions, étant toute cousue de billets de banque. — Ceci piqua décidément la curiosité de Javert. Afin de voir ce rentier fantastique de très-près sans l'effaroucher, il emprunta un jour au bedeau sa défroque et la place où le vieux mouchard s'accroupissait tous les soirs en nasillant des oraisons et en espionnant à travers la prière.

« L'individu suspect » vint en effet à Javert ainsi travesti, et lui fit l'aumône; en ce moment Javert leva la tête, et la secousse que reçut Jean Valjean en croyant reconnaître Javert, Javert la reçut en croyant reconnaître Jean Valjean.

Cependant l'obscurité avait pu le tromper; la mort de Jean Valjean était officielle; il restait à Javert des doutes graves; et dans le doute, Javert, l'homme du scrupule, ne mettait la main au collet de personne.

Il suivit son homme jusqu'à la masure Gorbeau, et fit parler « la vieille, » ce qui n'était pas malaisé. La vieille lui confirma le fait de la redingote doublée de millions et lui conta l'épisode du billet de mille francs. Elle avait vu ! elle avait touché ! Javert loua une chambre. Le soir même il s'y installa. Il vint écouter à la porte du locataire mystérieux, espérant entendre le son de sa voix, mais Jean Valjean aperçut sa chandelle à travers la serrure et déjoua l'espion en gardant le silence.

Le lendemain Jean Valjean décampait. Mais le bruit de la pièce de cinq francs qu'il laissa tomber fut remarqué de la vieille qui, entendant remuer de l'argent, songea qu'on allait déménager et se hâta de prévenir Javert. A la nuit, lorsque Jean Valjean sortit, Javert l'attendait derrière les arbres du boulevard avec deux hommes.

Javert avait réclamé main-forte à la préfecture, mais il n'avait pas dit le nom de l'individu qu'il espérait saisir. C'était son secret; et il l'avait gardé pour trois raisons : d'abord, parce que la moindre indiscrétion pouvait donner l'éveil à Jean Valjean; ensuite, parce que mettre la main sur un vieux forçat évadé et réputé mort, sur un condamné que les notes de justice avaient jadis classé à jamais *parmi les malfaiteurs de l'espèce la plus dange-*

reuse, c'était un magnifique succès que les anciens
de la police parisienne ne laisseraient certainement
pas à un nouveau venu comme Javert, et qu'il craignait qu'on ne lui prît son galérien ; enfin, parce
que Javert, étant un artiste, avait le goût de l'im-
prévu. Il haïssait ces succès annoncés qu'on déflore
en en parlant longtemps d'avance. Il tenait à éla-
borer ses chefs-d'œuvre dans l'ombre et à les dé-
voiler ensuite brusquement.

Javert avait suivi Jean Valjean d'arbre en arbre,
puis de coin de rue en coin de rue, et ne l'avait
pas perdu de vue un seul instant ; même dans les
moments où Jean Valjean se croyait le plus en sûreté , l'œil de Javert était sur lui. Pourquoi Javert
n'arrêtait-il pas Jean Valjean? c'est qu'il doutait
encore.

Il faut se souvenir qu'à cette époque la police
n'était pas précisément à son aise ; la presse libre
la gênait. Quelques arrestations arbitraires, dé-
noncées par les journaux, avaient retenti jusqu'aux
chambres, et rendu la préfecture timide. Attenter
à la liberté individuelle était un fait grave. Les
agents craignaient de se tromper ; le préfet s'en
prenait à eux ; une erreur, c'était la destitution.

Se figure-t-on l'effet qu'eût fait dans Paris ce bref
entrefilet reproduit par vingt journaux : — Hier,
un vieux grand-père en cheveux blancs, rentier
respectable, qui se promenait avec sa petite-fille
âgée de huit ans, a été arrêté et conduit au Dépôt
de la Préfecture comme forçat évadé ! —

Répétons en outre que Javert avait ses scru-
pules à lui ; les recommandations de sa conscience
s'ajoutaient aux recommandations du préfet. Il
doutait réellement.

Jean Valjean tournait le dos et marchait dans
l'obscurité.

La tristesse, l'inquiétude, l'anxiété, l'accablement, ce nouveau malheur d'être obligé de s'enfuir
la nuit et de chercher un asile au hasard dans
Paris pour Cosette et pour lui, la nécessité de
régler son pas sur le pas d'un enfant, tout cela, à
son insu même, avait changé la démarche de Jean
Valjean et imprimé à son habitude de corps une
telle sénilité que la police elle-même, incarnée dans
Javert, pouvait s'y tromper, et s'y trompa. L'impossibilité d'approcher de trop près, son costume
de vieux précepteur émigré, la déclaration de
Thénardier qui le faisait grand-père, enfin la

croyance de sa mort au bagne, ajoutaient encore
aux incertitudes qui s'épaississaient dans l'esprit
de Javert.

Il eut un moment l'idée de lui demander brusquement ses papiers. Mais si cet homme n'était
pas Jean Valjean, et si cet homme n'était pas un
bon vieux rentier honnête, c'était probablement
quelque gaillard profondément et savamment mêlé
à la trame obscure des méfaits parisiens, quelque
chef de bande dangereux, faisant l'aumône pour
cacher ses autres talents, vieille rubrique. Il avait
des affidés, des complices, des logis en-cas où il
allait se réfugier sans doute. Tous ces détours
qu'il faisait dans les rues semblaient indiquer que
ce n'était pas un simple bonhomme. L'arrêter trop
vite, c'était « tuer la poule aux œufs d'or. » Où
était l'inconvénient d'attendre? Javert était bien
sûr qu'il n'échapperait pas.

Il cheminait donc assez perplexe, en se posant
cent questions sur ce personnage énigmatique.

Ce ne fut qu'assez tard, rue de Pontoise, que,
grâce à la vive clarté que jetait un cabaret, il reconnut décidément Jean Valjean.

Il y a dans ce monde deux êtres qui tressaillent

profondément : la mère qui retrouve son enfant, et le tigre qui retrouve sa proie. Javert eut ce tressaillement profond.

Dès qu'il eut positivement reconnu Jean Valjean, le forçat redoutable, il s'aperçut qu'ils n'étaient que trois, et il fit demander du renfort au commissaire de police de la rue de Pontoise. Avant d'empoigner un bâton d'épine, on met des gants.

Ce retard et la station au carrefour Rollin pour se concerter avec ses agents faillirent lui faire perdre la piste. Cependant il eut bien vite deviné que Jean Valjean voudrait placer la rivière entre ses chasseurs et lui. Il pencha la tête et réfléchit, comme un limier qui met le nez à terre pour être juste à la voie. Javert, avec sa puissante rectitude d'instinct, alla droit au pont d'Austerlitz. Un mot au péager le mit au fait : — Avez-vous vu un homme avec une petite fille? — Je lui ai fait payer deux sous, répondit le péager. Javert arriva sur le pont à temps pour voir de l'autre côté de l'eau Jean Valjean traverser avec Cosette à la main l'espace éclairé par la lune. Il le vit s'engager dans la rue du Chemin-Vert-Saint-Antoine, il songea au cul-de-sac Genrot disposé là comme une trappe et à

l'issue unique de la rue Droit-Mur sur la petite rue
Picpus. Il *assura les grands devants,* comme parlent les chasseurs ; il envoya en hâte par un détour
un de ses agents garder cette issue. Une patrouille,
qui rentrait au poste de l'Arsenal, ayant passé, il
la requit et s'en fit accompagner. Dans ces parties-
là les soldats sont des atouts. D'ailleurs, c'est le
principe que, pour venir à bout d'un sanglier, il
faut faire science de veneur et force de chiens. Ces
dispositions combinées, sentant Jean Valjean saisi
entre l'impasse Genrot à droite, son agent à
gauche, et lui Javert derrière, il prit une prise de
tabac.

Puis il se mit à jouer. Il eut un moment ravissant et infernal ; il laissa aller son homme devant
lui, sachant qu'il le tenait, mais désirant reculer le
plus possible le moment de l'arrêter, heureux de le
sentir pris et de le voir libre, le couvant du regard
avec cette volupté de l'araignée qui laisse voleter
la mouche et du chat qui laisse courir la souris.
La griffe et la serre ont une sensualité monstrueuse,
c'est le mouvement obscur de la bête emprisonnée
dans leur tenaille. Quel délice que cet étouffement !

Javert jouissait. Les mailles de son filet étaient

solidement attachées. Il était sûr du succès; il n'avait plus maintenant qu'à fermer la main.

Accompagné comme il l'était, l'idée même de la résistance était impossible, si énergique, si vigoureux et si désespéré que fût Jean Valjean.

Javert avança lentement, sondant et fouillant sur son passage tous les recoins de la rue comme les poches d'un voleur.

Quand il arriva au centre de la toile, il n'y trouva plus la mouche.

On imagine son exaspération.

Il interrogea sa vedette des rues Droit-Mur et Picpus; cet agent, resté imperturbable à son poste, n'avait point vu passer l'homme.

Il arrive quelquefois qu'un cerf est brisé la tête couverte, c'est-à-dire s'échappe, quoique ayant la meute sur le corps; et alors les plus vieux chasseurs ne savent que dire. Duvivier, Ligniville et Desprez restent court. Dans une déconvenue de ce genre, Artonge s'écria : *Ce n'est pas un cerf, c'est un sorcier.*

Javert eût volontiers jeté le même cri.

Son désappointement tint un moment du désespoir et de la fureur.

Il est certain que Napoléon fit des fautes dans la guerre de Russie, qu'Alexandre fit des fautes dans la guerre de l'Inde, que César fit des fautes dans la guerre d'Afrique, que Cyrus fit des fautes dans la guerre de Scythie, et que Javert fit des fautes dans cette campagne contre Jean Valjean. Il eut tort peut-être d'hésiter à reconnaître l'ancien galérien. Le premier coup d'œil aurait dû lui suffire. Il eut tort de ne pas l'appréhender purement et simplement dans la masure. Il eut tort de ne pas l'arrêter quand il le reconnut positivement rue de Pontoise. Il eut tort de se concerter avec ses auxiliaires en plein clair de lune dans le carrefour Rollin. Certes les avis sont utiles, et il est bon de connaître et d'interroger ceux des chiens qui méritent créance; mais le chasseur ne saurait prendre trop de précautions quand il chasse des animaux inquiets, comme le loup et le forçat. Javert, en se préoccupant trop de mettre les limiers de meute sur la voie, alarma la bête en lui donnant vent du trait et la fit partir. Il eut tort surtout, dès qu'il eut retrouvé la piste au pont d'Austerlitz, de jouer ce jeu formidable et puéril de tenir un pareil homme au bout d'un fil. Il s'estima plus fort qu'il n'était, et crut pouvoir jouer à la souris avec un lion. En même temps, il s'estima trop faible quand il jugea nécessaire de s'adjoindre du renfort. Précaution fatale, perte d'un temps précieux. Javert commit toutes ces fautes, et n'en était pas moins un des espions les plus savants et les plus corrects qui aient existé. Il était, dans toute la force du terme, ce qu'en vénerie on appelle *un chien sage*. Mais qui est-ce qui est parfait?

Les grands stratégistes ont leurs éclipses.

Les fortes sottises sont souvent faites, comme les grosses cordes, d'une multitude de brins. Prenez le câble fil à fil, prenez séparément tous les petits motifs déterminants, vous les cassez l'un après l'autre, et vous dites : ce n'est que cela ! Tressez-les et tordez-les ensemble, c'est une énormité ; c'est Attila qui hésite entre Marcien à l'Orient et Valentinien à l'Occident ; c'est Annibal qui s'attarde à Capoue ; c'est Danton qui s'endort à Arcis-sur-Aube.

Quoi qu'il en soit, au moment même où il s'aperçut que Jean Valjean lui échappait, Javert ne perdit pas la tête. Sûr que le forçat en rupture de ban ne pouvait être bien loin, il établit des guets, il

organisa des souricières et des embuscades et
battit le quartier toute la nuit. La première chose
qu'il vit, ce fut le désordre du réverbère dont la
corde était coupée. Indice précieux qui l'égara
pourtant en ce qu'il fit dévier toutes les recherches
vers le cul-de-sac Genrot. Il y a dans ce cul-de-sac
des murs assez bas qui donnent sur des jardins
dont les enceintes touchent à d'immenses terrains
en friche. Jean Valjean avait dû évidemment s'enfuir par là. Le fait est que, s'il eût pénétré un peu
plus avant dans le cul-de-sac Genrot, il l'eût fait
probablement, et il était perdu. Javert explora ces
jardins et ces terrains comme s'il eût cherché une
aiguille.

Au point du jour, il laissa deux hommes intelligents en observation, et il regagna la préfecture de
police, honteux comme un mouchard qu'un voleur
aurait pris.

LIVRE SIXIÈME

LE PETIT-PICPUS

I

PETITE RUE PICPUS, NUMÉRO 62

Rien ne ressemblait plus, il y a un demi-siècle, à la première porte cochère venue que la porte cochère du numéro 62 de la petite rue Picpus. Cette porte, habituellement entr'ouverte de la façon la plus engageante, laissait voir deux choses qui n'ont rien de très-funèbre, une cour entourée de murs tapissés de vigne et la face d'un portier qui flâne. Au-dessus du mur du fond on apercevait de grands arbres. Quand un rayon de soleil égayait la cour, quand un verre de vin égayait le portier, il était difficile de passer devant le numéro 62 de la petite rue Picpus sans en emporter une idée riante. C'était pourtant un lieu sombre qu'on avait entrevu.

Le seuil souriait; la maison priait et pleurait.

Si l'on parvenait, ce qui n'était point facile, à franchir le portier, — ce qui même pour presque tous était impossible, car il y avait un : *Sésame, ouvre-toi!* qu'il fallait savoir; — si, le portier franchi, on entrait à droite dans un petit vestibule où donnait un escalier resserré entre deux murs et si étroit qu'il n'y pouvait passer qu'une personne à la fois, si l'on ne se laissait pas effrayer par le badigeonnage jaune serin avec soubassement chocolat qui enduisait cet escalier, si l'on s'aventurait à monter, on dépassait un premier palier, puis un deuxième, et l'on arrivait au premier étage dans un corridor où la détrempe jaune et la plinthe chocolat vous suivaient avec un acharnement paisible. Escalier et corridor étaient éclairés par deux belles fenêtres. Le corridor faisait un coude et devenait obscur. Si l'on doublait ce cap, on parvenait après quelques pas devant une porte d'autant plus mys-

térieuse qu'elle n'était pas fermée. On la poussait,
et l'on se trouvait dans une petite chambre d'environ six pieds carrés, carrelée, lavée, propre,
froide, tendue de papier nankin à fleurettes vertes,
à quinze sous le rouleau. Un jour blanc et mat
venait d'une grande fenêtre à petits carreaux qui
était à gauche et qui tenait toute la largeur de la
chambre. On regardait, on ne voyait personne;
on écoutait, on n'entendait ni un pas ni un murmure humain. La muraille était nue; la chambre
n'était point meublée; pas une chaise.

On regardait encore, et l'on voyait au mur en
face de la porte un trou quadrangulaire d'environ
un pied carré, grillé d'une grille en fer à barreaux
entre-croisés, noirs, noueux, solides, lesquels for-
maient des carreaux, j'ai presque dit des mailles,
de moins d'un pouce et demi de diagonale. Les
petites fleurettes vertes du papier nankin arrivaient
avec calme et en ordre jusqu'à ces barreaux de fer,
sans que ce contact funèbre les effarouchât et les
fît tourbillonner. En supposant qu'un être vivant
eût été assez admirablement maigre pour essayer
d'entrer ou de sortir par le trou carré, cette grille
l'en eût empêché. Elle ne laissait point passer le

corps, mais elle laissait passer les yeux, c'est-à-
dire l'esprit. Il semblait qu'on eût songé à cela,
car on l'avait doublée d'une lame de fer-blanc
sertie dans la muraille un peu en arrière et piquée
de mille trous plus microscopiques que les trous
d'une écumoire. Au bas de cette plaque était percée
une ouverture tout à fait pareille à la bouche d'une
boîte aux lettres. Un ruban de fil attaché à un
mouvement de sonnette pendait à droite du trou
grillé.

Si l'on agitait ce ruban, une clochette tintait et
l'on entendait une voix, tout près de soi, ce qui faisait tressaillir.

— Qui est là? demandait la voix.

C'était une voix de femme, une voix douce, si
douce qu'elle en était lugubre.

Ici encore il y avait un mot magique qu'il fallait savoir. Si on ne le savait pas, la voix se taisait, et le mur redevenait silencieux comme si
l'obscurité effarée du sépulcre eût été de l'autre
côté.

Si l'on savait le mot, la voix reprenait :

— Entrez à droite.

On remarquait alors à sa droite, en face de la

fenêtre, une porte vitrée surmontée d'un châssis
vitré et peinte en gris. On soulevait le loquet, on
franchissait la porte, et l'on éprouvait absolument
la même impression que lorsqu'on entre au spec-
tacle dans une baignoire grillée avant que la grille
soit baissée et que le lustre soit allumé. On était
en effet dans une espèce de loge de théâtre, à
peine éclairée par le jour vague de la porte vitrée, étroite, meublée de deux vieilles chaises et
d'un paillasson tout démaillé, véritable loge avec
sa devanture à hauteur d'appui qui portait une
tablette en bois noir. Cette loge était grillée, seulement ce n'était pas une grille de bois doré comme
à l'Opéra, c'était un monstrueux treillis de barres
de fer affreusement enchevêtrées et scellées au
mur par des scellements énormes qui ressemblaient
à des poings fermés.

Les premières minutes passées, quand le regard
commençait à se faire à ce demi-jour de cave, il
essayait de franchir la grille, mais il n'allait pas
plus loin que six pouces au delà. Là il rencontrait
une barrière de volets noirs, assurés et fortifiés de
traverses de bois peintes en jaune pain d'épice.
Ces volets étaient à jointures, divisés en longues

lames minces, et masquaient toute la longueur de
la grille. Ils étaient toujours clos.

Au bout de quelques instants, on entendait une
voix qui vous appelait de derrière ces volets et qui
vous disait :

— Je suis là. Que me voulez-vous?

C'était une voix aimée, quelquefois une voix
adorée. On ne voyait personne. On entendait à
peine le bruit d'un souffle. Il semblait que ce fût
une évocation qui vous parlait à travers la cloison
de la tombe.

Si l'on était dans de certaines conditions vou-
lues, bien rares, l'étroite lame d'un des volets
s'ouvrait en face de vous, et l'évocation devenait
une apparition. Derrière la grille, derrière le volet,
on apercevait, autant que la grille permettait d'apercevoir, une tête dont on ne voyait que la bouche et
le menton; le reste était couvert d'un voile noir.
On entrevoyait une guimpe noire et une forme à
peine distincte couverte d'un suaire noir. Cette tête
vous parlait, mais ne vous regardait pas et ne
vous souriait jamais.

Le jour qui venait de derrière vous était disposé de telle façon que vous la voyiez blanche et

qu'elle vous voyait noir. Ce jour était un symbole.

Cependant les yeux plongeaient avidement, par
cette ouverture qui s'était faite, dans ce lieu clos
à tous les regards. Un vague profond enveloppait
cette forme vêtue de deuil. Les yeux fouillaient ce
vague et cherchaient à démêler ce qui était autour
de l'apparition. Au bout de très-peu de temps on
s'apercevait qu'on ne voyait rien. Ce qu'on voyait,
c'était la nuit, le vide, les ténèbres, une brume de
l'hiver mêlée à une vapeur du tombeau, une sorte
de paix effrayante, un silence où l'on ne recueillait
rien, pas même des soupirs, une ombre où l'on
ne distinguait rien, pas même des fantômes.

Ce qu'on voyait, c'était l'intérieur d'un cloître.

C'était l'intérieur de cette maison morne et sévère qu'on appelait le couvent des bernardines de
l'Adoration Perpétuelle. Cette loge où l'on était,
c'était le parloir. Cette voix, la première qui vous
avait parlé, c'était la voix de la tourière qui était
toujours assise, immobile et silencieuse, de l'autre
côté du mur, près de l'ouverture carrée, défendue
par la grille de fer et par la plaque à mille trous
comme par une double visière.

L'obscurité où plongeait la loge grillée venait de
ce que le parloir qui avait une fenêtre du côté du
monde n'en avait aucune du côté du couvent.
Les yeux profanes ne devaient rien voir de ce lieu
sacré.

Pourtant il y avait quelque chose au delà de
cette ombre, il y avait une lumière; il y avait une
vie dans cette mort. Quoique ce couvent fût le
plus muré de tous, nous allons essayer d'y pénétrer, et d'y faire pénétrer le lecteur, et de dire,
sans oublier la mesure, des choses que les ra-
conteurs n'ont jamais vues et par conséquent
jamais dites.

II

L'OBÉDIENCE DE MARTIN VERGA

Ce couvent, qui en 1824 existait depuis longues années déjà petite rue Picpus, était une communauté de bernardines de l'obédience de Martin Verga.

Ces bernardines, par conséquent, se rattachaient, non à Clairvaux, comme les bernardins, mais à Cîteaux, comme les bénédictins. En d'autres termes, elles étaient sujettes, non de saint Bernard, mais de saint Benoît.

Quiconque a un peu remué des in-folio sait que Martin Verga fonda en 1425 une congrégation de bernardines-bénédictines, ayant pour chef d'ordre Salamanque et pour succursale Alcala.

Cette congrégation avait poussé des rameaux dans tous les pays catholiques de l'Europe.

Ces greffes d'un ordre sur l'autre n'ont rien d'inusité dans l'église latine. Pour ne parler que du seul ordre de Saint-Benoît dont il est ici question, à cet ordre se rattachent, sans compter l'obédience de Martin Verga, quatre congrégations; deux en Italie, le Mont-Cassin et Sainte-Justine de Padoue, deux en France, Cluny et Saint-Maur; et neuf ordres, Valombrosa, Grammont, les célestins, les camaldules, les chartreux, les humiliés, les olivateurs, et les silvestrins, enfin Cîteaux; car Cîteaux lui-même, tronc pour d'autres ordres, n'est qu'un rejeton pour saint Benoît. Cîteaux date de saint Robert, abbé de Molesme dans le diocèse de Langres en 1098. Or c'est en 529 que le diable, retiré au désert de Subiaco (il était vieux; s'était-il fait ermite?), fut chassé de l'ancien temple d'A-

pollon où il demeurait par saint Benoît, âgé de dix-
sept ans.

Après la règle des carmélites, lesquelles vont
pieds nus, portent une pièce d'osier sur la gorge
et ne s'asseyent jamais, la règle la plus dure est
celle des bernardines-bénédictines de Martin Verga.
Elles sont vêtues de noir avec une guimpe qui, selon la prescription expresse de saint Benoît, monte
jusqu'au menton. Une robe de serge à manches
larges, un grand voile de laine, la guimpe qui monte
jusqu'au menton, coupée carrément sur la poitrine,
le bandeau qui descend jusqu'aux yeux, voilà leur
habit. Tout est noir, excepté le bandeau qui est
blanc. Les novices portent le même habit, tout
blanc. Les professes ont en outre un rosaire au côté.

Les bernardines-bénédictines de Martin Verga
pratiquent l'Adoration Perpétuelle, comme les bénédictines dites dames du Saint-Sacrement, lesquelles, au commencement de ce siècle, avaient à
Paris deux maisons, l'une au Temple, l'autre rue
Neuve-Sainte-Geneviève. Du reste les bernardines-
bénédictines du Petit-Picpus, dont nous parlons,
étaient un ordre absolument autre que les dames
du Saint-Sacrement, cloîtrées rue Neuve-Sainte-

Geneviève et au Temple. Il y avait de nombreuses
différences dans la règle; il y en avait dans le costume. Les bernardines-bénédictines du Petit-Picpus portaient la guimpe noire, et les bénédictines
du Saint-Sacrement et de la rue Neuve-Sainte-Geneviève la portaient blanche, et avaient de plus
sur la poitrine un saint sacrement d'environ trois
pouces de haut en vermeil ou en cuivre doré. Les
religieuses du Petit-Picpus ne portaient point ce
saint sacrement. L'Adoration Perpétuelle, commune à la maison du Petit-Picpus et à la maison
du Temple, laisse les deux ordres parfaitement
distincts. Il y a seulement ressemblance pour cette
pratique entre les dames du Saint-Sacrement et
les bernardines de Martin Verga, de même qu'il y
avait similitude, pour l'étude et la glorification de
tous les mystères relatifs à l'enfance, à la vie et à
la mort de Jésus-Christ, et à la Vierge, entre deux
ordres pourtant fort séparés et dans l'occasion
ennemis : l'Oratoire d'Italie, établi à Florence par
Philippe de Néri, et l'Oratoire de France, établi à
Paris par Pierre de Bérulle. L'Oratoire de Paris
prétendait le pas, Philipe de Néri n'étant que saint,
et Bérulle étant cardinal.

Revenons à la dure règle espagnole de Martin Verga.

Les bernardines-bénédictines de cette obédience font maigre toute l'année, jeûnent le carême et beaucoup d'autres jours qui leur sont spéciaux, se relèvent dans leur premier sommeil depuis une heure du matin jusqu'à trois pour lire le bréviaire et chanter matines, couchent dans des draps de serge en toute saison et sur la paille, n'usent point de bains, n'allument jamais de feu, se donnent la discipline tous les vendredis, observent la règle du silence, ne se parlent qu'aux récréations, lesquelles sont très-courtes, et portent des chemises de bure pendant six mois, du 14 septembre, qui est l'exaltation de la Sainte-Croix, jusqu'à Pâques. Ces six mois sont une modération, la règle dit toute l'année ; mais cette chemise de bure, insupportable dans les chaleurs de l'été, produisait des fièvres et des spasmes nerveux. Il a fallu en restreindre l'usage. Même avec cet adoucissement, le 14 septembre, quand les religieuses mettent cette chemise, elles ont trois ou quatre jours de fièvre. Obéissance, pauvreté, chasteté, stabilité sous clôture ; voilà leurs vœux, fort aggravés par la règle.

La prieure est élue pour trois ans par les mères, qu'on appelle *mères vocales* parce qu'elles ont voix au chapitre. Une prieure ne peut être réélue que deux fois, ce qui fixe à neuf ans le plus long règne possible d'une prieure.

Elles ne voient jamais le prêtre officiant, qui leur est toujours caché par une serge tendue à neuf pieds de haut. Au sermon, quand le prédicateur est dans la chapelle, elles baissent leur voile sur leur visage ; elles doivent toujours parler bas, marcher les yeux à terre et la tête inclinée. Un seul homme peut entrer dans le couvent, l'archevêque diocésain.

Il y en a bien un autre, qui est le jardinier ; mais c'est toujours un vieillard, et afin qu'il soit perpétuellement seul dans le jardin et que les religieuses soient averties de l'éviter, on lui attache une clochette au genou.

Elles sont soumises à la prieure d'une soumission absolue et passive. C'est la sujétion canonique dans toute son abnégation. Comme à la voix du Christ, *ut voci Christi,* au geste, au premier signe, *ad nutum, ad primum signum,* tout de suite, avec bonheur, avec persévérance, avec une certaine obéissance aveugle, *promptè, hilariter, perseveran-ter, et cæcâ quâdam obedientiâ,* comme la lime dans la main de l'ouvrier, *quasi limam in manibus fabri,* ne pouvant lire ni écrire quoi que ce soit sans permission expresse, *legere vel scribere non addis-ccrit sine expressâ superioris licentiâ.*

A tour de rôle chacune d'elles fait ce qu'elles appellent *la réparation.* La réparation, c'est la prière pour tous les péchés, pour toutes les fautes, pour tous les désordres, pour toutes les violations, pour toutes les iniquités, pour tous les crimes qui se commettent sur la terre. Pendant douze heures consécutives, de quatre heures du soir à quatre heures du matin, ou de quatre heures du matin à quatre heures du soir, la sœur qui fait *la réparation* reste à genoux sur la pierre devant le saint sacre-ment, les mains jointes, la corde au cou. Quand la fatigue devient insupportable, elle se prosterne à plat ventre, la face contre terre, les bras en croix; c'est là tout son soulagement. Dans cette attitude, elle prie pour tous les coupables de l'univers. Ceci est grand jusqu'au sublime.

Comme cet acte s'accomplit devant un poteau au haut duquel brûle un cierge, on dit indistinc-

tement, *faire la réparation* ou *être au poteau*. Les
religieuses préfèrent même, par humilité, cette
dernière expression qui contient une idée de supplice et d'abaissement.

Faire la réparation est une fonction où toute
l'âme s'absorbe. La sœur au poteau ne se retour-
nerait pas pour le tonnerre tombant derrière elle.

En outre, il y a toujours une religieuse à genoux
devant le saint sacrement. Cette station dure une
heure. Elles se relèvent comme les soldats en fac-
tion. C'est là l'Adoration Perpétuelle.

Les prieures et les mères portent presque toujours des noms empreints d'une gravité particulière, rappelant, non des saintes et des martyres,
mais des moments de la vie de Jésus-Christ,
comme la mère Nativité, la mère Conception, la
mère Présentation, la mère Passion. Cependant les
noms de saintes ne sont pas interdits.

Quand on les voit, on ne voit jamais que leur
bouche.

Toutes ont les dents jaunes. Jamais une brosse
à dents n'est entrée dans le couvent. Se brosser
les dents, est au haut d'une échelle au bas de laquelle il y a : perdre son âme.

Elles ne disent de rien *ma* ni *mon*. Elles n'ont rien à elles et ne doivent tenir à rien. Elles disent de toute chose *notre;* ainsi : notre voile, notre chapelet ; si elles parlaient de leur chemise, elles diraient *notre chemise.* Quelquefois elles s'attachent à quelque petit objet, à un livre d'heures, à une relique, à une médaille bénie. Dès qu'elles s'aperçoivent qu'elles commencent à tenir à cet objet, elles doivent le donner. Elles se rappellent le mot de sainte Thérèse à laquelle une grande dame, au moment d'entrer dans son ordre, disait : Permettez, ma mère, que j'envoie chercher une sainte Bible à laquelle je tiens beaucoup. — *Ah! vous tenez à quelque chose ! En ce cas, n'entrez pas chez nous.*

Défense à qui que ce soit de s'enfermer, et d'avoir un *chez-soi,* une *chambre.* Elles vivent cellules ouvertes. Quand elles s'abordent, l'une dit : *Loué soit et adoré le très-saint sacrement de l'autel!* L'autre répond : *A jamais.* Même cérémonie quand l'une frappe à la porte de l'autre. A peine la porte a-t-elle été touchée qu'on entend de l'autre côté une voix douce dire précipitamment : à jamais ! Comme toutes les pratiques, cela devient

machinal par l'habitude ; et l'une dit quelquefois
à jamais avant que l'autre ait eu le temps de dire,
ce qui est assez long d'ailleurs : *Loué soit et adoré
le très-saint sacrement de l'autel!*

Chez les visitandines, celle qui entre dit : *Ave
Maria,* et celle chez laquelle on entre dit : *Gratiâ
plena.* C'est leur bonjour, qui est « plein de grâce »
en effet.

A chaque heure du jour, trois coups supplémen-
taires sonnent à la cloche de l'église du couvent.
A ce signal, prieure, mères vocales, professes,
converses, novices, postulantes, interrompent ce
qu'elles disent, ce qu'elles font ou ce qu'elles pen-
sent, et toutes disent à la fois, s'il est cinq heures,
par exemple : — *A cinq heures et à toute heure,
loué soit et adoré le très-saint sacrement de l'autel!*
S'il est huit heures : — *A huit heures et à toute
heure,* etc., et ainsi de suite, selon l'heure qu'il est.

Cette coutume, qui a pour but de rompre la
pensée et de la ramener toujours à Dieu, existe
dans beaucoup de communautés ; seulement la formule varie. Ainsi, à l'enfant Jésus, on dit : — *A
l'heure qu'il est et à toute heure que l'amour de Jésus
enflamme mon cœur!*

Les bénédictines-bernardines de Martin Verga, cloîtrées il y a cinquante ans au Petit-Picpus, chantent les offices sur une psalmodie grave, plainchant pur, et toujours à pleine voix toute la durée de l'office. Partout où il y a un astérisque dans le missel, elles font une pause et disent à voix basse : *Jésus-Marie-Joseph*. Pour l'office des morts, elles prennent le ton si bas, que c'est à peine si des voix de femmes peuvent descendre jusque-là. Il en résulte un effet saisissant et tragique.

Celles du Petit-Picpus avaient fait faire un caveau sous leur maître-autel pour la sépulture de leur communauté. *Le gouvernement,* comme elles disent, ne permit pas que ce caveau reçût les cercueils. Elles sortaient donc du couvent quand elles étaient mortes. Ceci les affligeait et les consternait comme une infraction.

Elles avaient obtenu, consolation médiocre, d'être enterrées à une heure spéciale et en un coin spécial dans l'ancien cimetière Vaugirard, qui était fait d'une terre appartenant jadis à la communauté.

Le jeudi ces religieuses entendent la grand'-messe, vêpres et tous les offices comme le dimanche. Elles observent en outre scrupuleusement toutes les petites fêtes, inconnues aux gens du monde, que l'église prodiguait autrefois en France et prodigue encore en Espagne et en Italie. Leurs stations à la chapelle sont interminables. Quant au nombre et à la durée de leurs prières, nous ne pouvons en donner une meilleure idée qu'en citant le mot naïf de l'une d'elles : *Les prières des postulantes sont effrayantes, les prières des novices encore pires, et les prières des professes encore pires.*

Une fois par semaine, on assemble le chapitre ; la prieure préside, les mères vocales assistent. Chaque sœur vient à son tour s'agenouiller sur la pierre, et confesser à haute voix, devant toutes, les fautes et les péchés qu'elle a commis dans la semaine. Les mères vocales se consultent après chaque confession, et infligent tout haut les pénitences.

Outre la confession à haute voix, pour laquelle on réserve toutes les fautes un peu graves, elles ont pour les fautes vénielles ce qu'elles appellent *la coulpe*. Faire sa coulpe, c'est se prosterner à plat ventre durant l'office devant la prieure jusqu'à ce que celle-ci, qu'on ne nomme jamais que *notre mère*, avertisse la patiente par un petit coup frappé sur le bois de sa stalle qu'elle peut se relever. On fait sa coulpe pour très-peu de chose, un verre cassé, un voile déchiré, un retard involontaire de quelques secondes à un office, une fausse note à l'église, etc., cela suffit, on fait sa coulpe. La coulpe est toute spontanée ; c'est la *coupable* elle-même (ce mot est ici étymologiquement à sa place) qui se juge et qui se l'inflige. Les jours de fêtes et les dimanches il y a quatre mères chantres qui psalmodient les offices devant un grand lutrin à quatre pupitres. Un jour une mère chantre entonna un psaume qui commençait par *Ecce,* et, au lieu de *Ecce,* dit à haute voix ces trois notes : *ut, si, sol ;* elle subit pour cette distraction une coulpe qui dura tout l'office. Ce qui rendait la faute énorme, c'est que le chapitre avait ri.

Lorsqu'une religieuse est appelée au parloir, fût-ce la prieure, elle baisse son voile de façon, l'on s'en souvient, à ne laisser voir que sa bouche.

La prieure seule peut communiquer avec des étrangers. Les autres ne peuvent voir que leur famille étroite, et très-rarement. Si par hasard une personne du dehors se présente pour voir une religieuse qu'elle a connue ou aimée dans le monde, il faut toute une négociation. Si c'est une femme, l'autorisation peut être quelquefois accordée ; la religieuse vient et on lui parle à travers les volets, lesquels ne s'ouvrent que pour une mère ou une sœur. Il va sans dire que la permission est toujours refusée aux hommes.

Telle est la règle de saint Benoît, aggravée par Martin Verga.

Ces religieuses ne sont point gaies, roses et fraî ches comme le sont souvent les filles des autres ordres. Elles sont pâles et graves. De 1825 à 1830 trois sont devenues folles.

III

SÉVÉRITÉS

On est au moins deux ans postulante, souvent quatre ; quatre ans novice. Il est rare que les vœux définitifs puissent être prononcés avant, vingt-trois ou vingt-quatre ans. Les bernardines-bénédictines de Martin Verga n'admettent point de veuves dans leur ordre.

Elles se livrent dans leurs cellules à beaucoup

de macérations inconnues dont elles ne doivent jamais parler.

Le jour où une novice fait profession, on l'habille de ses plus beaux atours, on la coiffe de roses blanches, on lustre et on boucle ses cheveux, puis elle se prosterne ; on étend sur elle un grand voile noir et l'on chante l'office des morts. Alors les religieuses se divisent en deux files, une file passe près d'elle en disant d'un accent plaintif : *notre sœur est morte,* et l'autre file répond d'une voix éclatante : *vivante en Jésus-Christ !*

A l'époque où se passe cette histoire, un pensionnat était joint au couvent. Pensionnat de jeunes filles nobles, la plupart riches, parmi lesquelles on remarquait mesdemoiselles de Sainte-Aulaire et de Bélissen et une anglaise portant l'illustre nom catholique de Talbot. Ces jeunes filles, élevées par ces religieuses entre quatre murs, grandissaient dans l'horreur du monde et du siècle. Une d'elles nous disait un jour : *voir le pavé de la rue me faisait frissonner de la tête aux pieds.* Elles étaient vêtues de bleu avec un bonnet blanc et un Saint-Esprit de vermeil ou de cuivre fixé sur la poitrine. A de certains jours de grande fête, particulière-

ment à la Sainte-Marthe, on leur accordait, comme
haute faveur et bonheur suprême, de s'habiller en
religieuse et de faire les offices et les pratiques de
saint Benoît pendant toute une journée. Dans les
premiers temps, les religieuses leur prêtaient leurs
vêtements noirs. Cela parut profane, et la prieure
le défendit. Ce prêt ne fut permis qu'aux novices.
Il est remarquable que ces représentations, tolé-
rées sans doute et encouragées dans le couvent
par un secret esprit de prosélytisme, et pour donner
à ces enfants quelque avant-goût du saint habit,
étaient un bonheur réel et une vraie récréation pour
les pensionnaires. Elles s'en amusaient tout simplement. *C'était nouveau, cela les changeait.* Can-
dides raisons de l'enfance qui ne réussissent pas
d'ailleurs à faire comprendre à nous mondains
cette félicité de tenir en main un goupillon et de
rester debout des heures entières chantant à quatre
devant un lutrin.

Les élèves, aux austérités près, se conformaient
à toutes les pratiques du couvent. Il est telle jeune
femme qui, entrée dans le monde et après plusieurs
années de mariage, n'était pas encore parvenue à
se déshabituer de dire en toute hâte chaque fois

qu'on frappait à sa porte : *à jamais !* Comme les
religieuses, les pensionnaires ne voyaient leurs parents qu'au parloir. Leurs mères elles-mêmes n'ob-
tenaient pas de les embrasser. Voici jusqu'où
allait la sévérité sur ce point. Un jour une jeune
fille fut visitée par sa mère accompagnée d'une petite sœur de trois ans. La jeune fille pleurait, car
elle eût bien voulu embrasser sa sœur. Impossible.
Elle supplia du moins qu'il fût permis à l'enfant de
passer à travers les barreaux sa petite main pour
qu'elle pût la baiser. Ceci fut refusé presque avec
scandale.

IV

GAITÉS

Ces jeunes filles n'en ont pas moins rempli cette grave maison de souvenirs charmants.

A de certaines heures, l'enfance étincelait dans ce cloître. La récréation sonnait. Une porte tournait sur ses gonds. Les oiseaux disaient : bon ! voilà les enfants ! Une irruption de jeunesse inondait ce jardin coupé d'une croix comme un linceul.

Des visages radieux, des fronts blancs, des yeux
ingénus pleins de gaie lumière, toutes sortes d'au-
rores, s'éparpillaient dans ces ténèbres. Après les
psalmodies, les cloches, les sonneries, les glas, les
offices, tout à coup éclatait ce bruit des petites
filles, plus doux qu'un bruit d'abeilles. La ruche
de la joie s'ouvrait, et chacune apportait son miel.
On jouait, on s'appelait, on se groupait, on courait;
de jolies petites dents blanches jasaient dans des
coins; les voiles, de loin, surveillaient les rires,
les ombres guettaient les rayons, mais qu'importe!
on rayonnait et on riait. Ces quatre murs lugubres
avaient leur minute d'éblouissement. Ils assistaient,
vaguement blanchis du reflet de tant de joie, à ce
doux tourbillonnement d'essaims. C'était comme
une pluie de roses traversant ce deuil. Les jeunes
filles folâtraient sous l'œil des religieuses; le regard
de l'impeccabilité ne gêne pas l'innocence. Grâce
à ces enfants, parmi tant d'heures austères, il y
avait l'heure naïve. Les petites sautaient, les
grandes dansaient. Dans ce cloître, le jeu était
mêlé de ciel. Rien n'était ravissant et auguste
comme toutes ces fraîches âmes épanouies. Homère
fût venu rire là avec Perrault, et il y avait, dans ce

jardin noir, de la jeunesse, de la santé, du bruit, des cris, de l'étourdissement, du plaisir, du bonheur, à dérider toutes les aïeules, celles de l'épopée comme celles du conte, celles du trône comme celles du chaume, depuis Hécube jusqu'à la Mère-Grand.

Il s'est dit dans cette maison, plus que partout ailleurs peut-être, de ces *mots d'enfants* qui ont tant de grâce et qui font rire d'un rire plein de rêverie. C'est entre ces quatre murs funèbres qu'une enfant de cinq ans s'écria un jour : — *Ma mère! une grande vient de me dire que je n'ai plus que neuf ans et dix mois à rester ici. Quel bonheur!*

C'est encore là qu'eut lieu ce dialogue mémorable :

UNE MÈRE VOCALE. — Pourquoi pleurez-vous, mon enfant?

L'ENFANT (six ans), sanglotant. — J'ai dit à Alix que je savais mon histoire de France. Elle me dit que je ne la sais pas, et je la sais.

ALIX, la grande (neuf ans). — Non. Elle ne la sait pas.

LA MÈRE. — Comment cela, mon enfant?

ALIX. — Elle m'a dit d'ouvrir le livre au hasard

et de lui faire une question qu'il y a dans le livre, et qu'elle répondrait.

— Eh bien?

— Elle n'a pas répondu.

— Voyons. Que lui avez-vous demandé?

— J'ai ouvert le livre au hasard comme elle disait, et je lui ai demandé la première demande que j'ai trouvée.

— Et qu'est-ce que c'était que cette demande?

— C'était : *qu'arriva-t-il ensuite?*

C'est là qu'a été faite cette observation profonde sur une perruche un peu gourmande qui appartenait à une dame pensionnaire :

— *Est-elle gentille! elle mange le dessus de sa tartine, comme une personne!*

C'est sur une des dalles de ce cloître qu'a été ramassée cette confession, écrite d'avance, pour ne pas l'oublier, par une pécheresse de sept ans :

« — Mon père, je m'accuse d'avoir été avarice.

« — Mon père, je m'accuse d'avoir été adultère.

« — Mon père, je m'accuse d'avoir élevé mes regards vers les monsieurs. »

C'est sur un des bancs de gazon de ce jardin
qu'a été improvisé par une bouche rose de six ans
ce conte écouté par des yeux bleus de quatre et
cinq ans :

« — Il y avait trois petits coqs qui avaient un
pays où il y avait beaucoup de fleurs. Ils ont cueilli
les fleurs, et ils les ont mises dans leur poche.
Après ça, ils ont cueilli les feuilles, et ils les ont
mises dans leurs joujoux. Il y avait un loup dans
le pays, et il y avait beaucoup de bois; et le loup
était dans le bois; et il a mangé les petits coqs. »

Et encore cet autre poëme :

« — Il est arrivé un coup de bâton.

« C'est Polichinelle qui l'a donné au chat.

« Ça ne lui a pas fait de bien, ça lui a fait du
« mal.

« Alors une dame a mis Polichinelle en pri-
« son. »

C'est là qu'a été dit, par une petite abandon-
née, enfant trouvé que le couvent élevait par charité, ce mot doux et navrant. Elle entendait les
autres parler de leurs mères et elle murmura dans
son coin :

— *Moi, ma mère n'était pas là quand je suis née !*

Il y avait une grosse tourière qu'on voyait toujours se hâter dans les corridors avec son trous-
seau de clefs et qui se nommait sœur Agathe. Les
grandes grandes, — au-dessus de dix ans, —
l'appelaient *Agathoclès.*

Le réfectoire, grande pièce oblongue et carrée
qui ne recevait de jour que par un cloître à archi-
voltes de plain-pied avec le jardin, était obscur et
humide, et, comme disent les enfants, — plein de
bêtes. Tous les lieux circonvoisins y fournissaient
leur contingent d'insectes. Chacun des quatre coins
en avait reçu, dans le langage des pensionnaires,
un nom particulier et expressif. Il y avait le coin
des Araignées, le coin des Chenilles, le coin des
Cloportes et le coin des Cricris. Le coin des Cricris
était voisin de la cuisine et fort estimé. On y avait
moins froid qu'ailleurs. Du réfectoire les noms
avaient passé au pensionnat et servaient à y distinguer comme à l'ancien collége Mazarin quatre nations. Toute élève était de l'une de ces quatre nations selon le coin du réfectoire où elle s'asseyait
aux heures des repas. Un jour, M. l'archevêque,
faisant la visite pastorale, vit entrer dans la classe
où il passait une jolie petite fille toute vermeille

avec d'admirables cheveux blonds, il demanda à
une autre pensionnaire, charmante brune aux
joues fraîches qui était près de lui :

— Qu'est-ce que c'est que celle-ci ?

— C'est une araignée, monseigneur.

— Bah ! et cette autre ?

— C'est un cricri.

— Et celle-là ?

— C'est une chenille.

— En vérité, et vous-même ?

— Je suis un cloporte, monseigneur.

Chaque maison de ce genre a ses particularités.
Au commencement de ce siècle, Écouen était un
de ces lieux gracieux et sévères où grandit, dans
une ombre presque auguste, l'enfance des jeunes
filles. A Écouen, pour prendre rang dans la procession du saint sacrement, on distinguait entre
les vierges et les fleuristes. Il y avait aussi « les
dais » et « les encensoirs, » les unes portant les
cordons du dais, les autres encensant le saint sacrement. Les fleurs revenaient de droit aux fleuristes. Quatre « vierges » marchaient en avant.
Le matin de ce grand jour, il n'était pas rare d'entendre demander dans le dortoir :

— Qui est-ce qui est vierge?

Madame Campan citait ce mot d'une « petite » de sept ans à une « grande » de seize, qui prenait la tête de la procession pendant qu'elle, la petite, restait à la queue : — Tu es vierge, toi; moi, je ne le suis pas.

V

DISTRACTIONS

Au-dessus de la porte du réfectoire était écrite
en grosses lettres noires cette prière qu'on appelait *la Patenôtre blanche,* et qui avait pour vertu de
mener les gens droit en paradis :

« Petite patenôtre blanche, que Dieu fit, que
Dieu dit, que Dieu mit en paradis. Au soir, m'allant coucher, je trouvis (*sic*) trois anges à mon lit
couchés, un aux pieds, deux au chevet, la bonne

vierge Marie au milieu, qui me dit que je m'y cou-
chis, que rien ne doutis. Le bon Dieu est mon
père, la bonne Vierge est ma mère, les trois
apôtres sont mes frères, les trois vierges sont mes
sœurs. La chemise où Dieu fut né, mon corps en
est enveloppé; la croix Sainte-Marguerite à ma
poitrine est écrite; madame la Vierge s'en va sur
les champs, Dieu pleurant, rencontrit M. saint
Jean. Monsieur saint Jean, d'où venez-vous? Je
viens d'*Ave Salus*. Vous n'avez pas vu le bon Dieu,
si est? Il est dans l'arbre de la Croix, les pieds
pendans, les mains clouans, un petit chapeau d'é-
pine blanche sur la tête. Qui la dira trois fois au
soir, trois fois au matin, gagnera le paradis à la
fin. »

En 1827, cette oraison caractéristique avait disparu du mur sous une triple couche de badigeon.
Elle achève à cette heure de s'effacer dans la mémoire de quelques jeunes filles d'alors, vieilles
femmes aujourd'hui.

Un grand crucifix accroché au mur complétait
la décoration de ce réfectoire, dont la porte unique,
nous croyons l'avoir dit, s'ouvrait sur le jardin.
Deux tables étroites, côtoyées chacune de deux

bancs de bois, faisaient deux longues lignes paral-
lèles d'un bout à l'autre du réfectoire. Les murs
étaient blancs, les tables étaient noires; ces deux
couleurs du deuil sont le seul rechange des couvents. Les repas étaient revêches et la nourriture
des enfants eux-mêmes sévère. Un seul plat, viande
et légumes mêlés, ou poisson salé, tel était le luxe.
Ce bref ordinaire, réservé aux pensionnaires seules,
était pourtant une exception. Les enfants mangeaient et se taisaient sous le guet de la mère se-
mainière qui, de temps en temps, si une mouche
s'avisait de voler ou de bourdonner contre la règle,
ouvrait et fermait bruyamment un livre de bois. Ce
silence était assaisonné de la vie des saints, lue à
haute voix dans une petite chaire avec pupitre si-
tuée au pied d'un crucifix. La lectrice était une
grande élève, de semaine. Il y avait de distance en
distance sur la table nue des terrines vernies où
les élèves lavaient elles-mêmes leur timbale et leur
couvert, et quelquefois jetaient quelques morceaux
de rebut, viande dure ou poisson gâté; ceci était
puni. On appelait ces terrines *ronds d'eau*.

L'enfant qui rompait le silence faisait une « croix
de langue » Où? à terre. Elle léchait le pavé. La

poussière, cette fin de toutes les joies, était chargée de châtier ces pauvres petites feuilles de roses, coupables de gazouillement.

Il y avait dans le couvent un livre qui n'a jamais été imprimé qu'à *exemplaire unique,* et qu'il est défendu de lire. C'est la règle de saint Benoît. Arcane où nul œil profane ne doit pénétrer. *Nemo regulas, seu constitutiones nostras, externis communicabit.*

Les pensionnaires parvinrent un jour à dérober ce livre, et se mirent à le lire avidement, lecture souvent interrompue par des terreurs d'être surprises qui leur faisaient refermer le volume précipitamment. Elles ne tirèrent de ce grand danger couru qu'un plaisir médiocre. Quelques pages inintelligibles sur les péchés des jeunes garçons, voilà ce qu'elles eurent de « plus intéressant. »

Elles jouaient dans une allée du jardin, bordée de quelques maigres arbres fruitiers. Malgré l'extrême surveillance et la sévérité des punitions, quand le vent avait secoué les arbres, elles réussissaient quelquefois à ramasser furtivement une pomme verte ou un abricot gâté, ou une poire habitée. Maintenant je laisse parler une lettre que

j'ai sous les yeux, lettre écrite il y a vingt-cinq ans
par une ancienne pensionnaire, aujourd'hui madame la duchesse de —, une des plus élégantes
femmes de Paris. Je cite textuellement : « On cache
« sa poire ou sa pomme, comme on peut. Lors-
« qu'on monte mettre le voile sur le lit en atten-
« dant le souper, on les fourre sous son oreiller èt
« le soir on les mange dans son lit, et lorsqu'on ne
« peut pas, on les mange dans les commodités. »
C'était là une de leurs voluptés les plus vives.

Une fois, c'était encore à l'époque d'une visite
de M. l'archevêque au couvent, une des jeunes
filles, mademoiselle Bouchard, qui était un peu
Montmorency, gagea qu'elle lui demanderait un
jour de congé, énormité dans une communauté si
austère. La gageure fut acceptée, mais aucune de
celles qui tenaient le pari n'y croyait. Au moment
venu, comme l'archevêque passait devant les pensionnaires, mademoiselle Bouchard, à l'indescrip-
tible épouvante de ses compagnes, sortit des rangs,
et dit : Monseigneur, un jour de congé. Mademoiselle Bouchard était fraîche et grande, avec la plus
jolie petite mine rose du monde. M. de Quélen
sourit et dit : *Comment donc, ma chère enfant, un*

jour de congé ! Trois jours, s'il vous plaît. J'ac-
corde trois jours. La prieure n'y pouvait rien, l'archevêque avait parlé. Scandale pour le couvent,
mais joie pour le pensionnat. Qu'on juge de l'effet.

Ce cloître bourru n'était pourtant pas si bien
muré que la vie des passions du dehors, que le
drame, que le roman même, n'y pénétrassent. Pour
le prouver, nous nous bornerons à constater ici et
à indiquer brièvement un fait réel et incontestable,
qui d'ailleurs n'a en lui-même aucun rapport et ne
tient par aucun fil à l'histoire que nous racontons.
Nous mentionnons ce fait pour compléter dans l'esprit du lecteur la physionomie du couvent.

Vers cette époque donc, il y avait dans le couvent une personne mystérieuse qui n'était pas religieuse, qu'on traitait avec un grand respect, et
qu'on nommait *madame Albertine.* On ne savait
rien d'elle sinon qu'elle était folle, et que dans le
monde elle passait pour morte. Il y avait sous cette
histoire, disait-on, des arrangements de fortune
nécessaires pour un grand mariage.

Cette femme, de trente ans à peine, brune, assez
belle, regardait vaguement avec de grands yeux
noirs. Voyait-elle ? On en doutait. Elle glissait

plutôt qu'elle ne marchait; elle ne parlait jamais; on n'était pas bien sûr qu'elle respirât. Ses narines étaient pincées et livides comme après le dernier soupir. Toucher sa main, c'était toucher de la neige. Elle avait une étrange grâce spectrale. Là où elle entrait, on avait froid. Un jour une sœur, la voyant passer, dit à une autre : Elle passe pour morte. — Elle l'est peut-être, répondit l'autre.

On faisait sur madame Albertine cent récits. C'était l'éternelle curiosité des pensionnaires. Il y avait dans la chapelle une tribune qu'on appelait l'*Œil-de-Bœuf*. C'est dans cette tribune qui n'avait qu'une baie circulaire, un *œil-de-bœuf*, que madame Albertine assistait aux offices. Elle y était habituellement seule, parce que de cette tribune, placée au premier étage, on pouvait voir le prédicateur ou l'officiant; ce qui était interdit aux religieuses. Un jour la chaire était occupée par un jeune prêtre de haut rang, M. le duc de Rohan, pair de France, officier des mousquetaires rouges en 1815 lorsqu'il était prince de Léon, mort après 1830 cardinal et archevêque de Besançon. C'était la première fois que M. de Rohan prêchait au couvent du Petit-Picpus. Madame Albertine assistait

ordinairement aux sermons et aux offices dans un
calme parfait et dans une immobilité complète. Ce
jour-là, dès qu'elle aperçut M. de Rohan, elle se
dressa à demi, et dit à haute voix dans le silence
de la chapelle : *Tiens ! Auguste !* Toute la communauté stupéfaite tourna la tête, le prédicateur leva
les yeux, mais madame Albertine était retombée
dans son immobilité. Un souffle du monde extérieur, une lueur de vie avait passé un moment sur
cette figure éteinte et glacée, puis tout s'était évanoui, et la folle était redevenue cadavre.

Ces deux mots cependant firent jaser tout ce qui
pouvait parler dans le couvent. Que de choses dans
ce *tiens ! Auguste !* que de révélations ! M. de Rohan
s'appelait en effet Auguste. Il était évident que
madame Albertine sortait du plus grand monde,
puisqu'elle connaissait M. de Rohan, qu'elle y était
elle-même haut placée, puisqu'elle parlait d'un si
grand seigneur si familièrement, et qu'elle avait
avec lui une relation, de parenté peut-être, mais
à coup sûr bien étroite, puisqu'elle savait son
« petit nom. »

Deux duchesses très-sévères, mesdames de
Choiseul et de Sérent, visitaient souvent la com-

munauté, où elles pénétraient sans doute en vertu
du privilége *Magnates mulieres,* et faisaient grand'-
peur au pensionnat. Quand les deux vieilles dames
passaient, toutes les pauvres jeunes filles trem-
blaient et baissaient les yeux.

M. de Rohan était du reste, à son insu, l'objet
de l'attention des pensionnaires. Il venait à cette
époque d'être fait, en attendant l'épiscopat, grand
vicaire de l'archevêque de Paris. C'était une de ses
habitudes de venir assez souvent chanter aux offices de la chapelle des religieuses du Petit-Picpus.
Aucune des jeunes recluses ne pouvait l'apercevoir,
à cause du rideau de serge, mais il avait une voix
douce et un peu grêle, qu'elles étaient parvenues
à reconnaître et à distinguer. Il avait été mousque-
taire; et puis on le disait fort coquet, fort bien
coiffé avec de beaux cheveux châtains, arrangés en
rouleau autour de la tête, et qu'il avait une large
ceinture de moire magnifique et que sa soutane
noire était coupée le plus élégamment du monde.
Il occupait fort toutes ces imaginations de seize
ans.

Aucun bruit du dehors ne pénétrait dans le couvent. Cependant il y eut une année où le son d'une

flûte y parvint. Ce fut un événement, et les pensionnaires d'alors s'en souviennent encore.

C'était une flûte dont quelqu'un jouait dans l voisinage. Cette flûte jouait toujours le même air, un air aujourd'hui bien lointain : *Ma Zétulbé, viens régner sur mon âme,* et on l'entendait deux ou trois fois dans la journée. Les jeunes filles passaient des heures à écouter, les mères vocales étaient bouleversées, les cervelles travaillaient, les punitions pleuvaient. Cela dura plusieurs mois. Les pensionnaires étaient toutes plus ou moins amoureuses du musicien inconnu. Chacune se rêvait Zétulbé. Le bruit de la flûte venait du côté de la rue Droit-Mur; elles auraient tout donné, tout compromis, tout tenté pour voir, ne fût-ce qu'une seconde, pour entrevoir, pour apercevoir, le « jeune homme » qui jouait si délicieusement de cette flûte et qui. sans s'en douter, jouait en même temps de toutes ces âmes. Il y en eut qui s'échappèrent par une porte de service et qui montèrent au troisième sur la rue Droit-Mur, afin d'essayer de voir par les jours de souffrance. Impossible. Une alla jusqu'à passer son bras au-dessus de sa tête par la grille et agita son mouchoir blanc. Deux furent plus hardies en-

core. Elles trouvèrent moyen de grimper jusque
sur un toit et s'y risquèrent et réussirent enfin à
voir « le jeune homme. » C'était un vieux gentilhomme émigré, aveugle et ruiné, qui jouait de la
flûte dans son grenier pour se désennuyer.

VI

LE PETIT-COUVENT

Il y avait dans cette enceinte du Petit-Picpus trois bâtiments parfaitement distincts, le Grand-Couvent qu'habitaient les religieuses, le Pensionnat où logeaient les élèves, et enfin ce qu'on appelait le Petit-Couvent. C'était un corps de logis avec jardin où demeuraient en commun toutes sortes de vieilles religieuses de divers ordres, restes des cloîtres détruits par la révolution; une réunion de toutes les bigarrures noires, grises et blanches, de toutes les communautés et de toutes les variétés possibles; ce qu'on pourrait appeler, si un pareil accouplement de mots n'était irrespectueux, une sorte de couvent-arlequin.

Dès l'empire, il avait été permis à toutes ces pauvres filles dispersées et dépaysées de venir s'abriter là sous les ailes des bénédictines-bernardines. Le gouvernement leur payait une petite pension; les dames du Petit-Picpus les avaient reçues avec empressement. C'était un pêle-mêle bizarre. Chacune suivait sa règle. On permettait quelquefois aux élèves pensionnaires, comme grande récréation, de leur rendre visite; ce qui fait que ces jeunes mémoires ont gardé entre autres le souvenir de la mère sainte Bazile, de la mère sainte Scolastique et de la mère Jacob.

Une de ces réfugiées se retrouvait presque chez elle. C'était une religieuse de Sainte-Aure, la seule de son ordre qui eût survécu. L'ancien couvent des dames de Sainte-Aure occupait dès le commencement du dix-huitième siècle précisément cette même maison du Petit-Picpus qui appartint plus tard aux bénédictines de Martin Verga. Cette sainte fille,

trop pauvre pour porter le magnifique habit de son
ordre, qui était une robe blanche avec le scapu-
laire écarlate, en avait revêtu pieusement un petit
mannequin qu'elle montrait avec complaisance et
qu'à sa mort elle a légué à la maison. En 1824, il
ne restait de cet ordre qu'une religieuse; aujour-
d'hui il n'en reste qu'une poupée.

Outre ces dignes mères, quelques vieilles femmes
du monde avaient obtenu de la prieure, comme
madame Albertine, la permission de se retirer dans
le Petit-Couvent. De ce nombre étaient madame de
Beaufort d'Hautpoul et madame la marquise Du-
fresne. Une autre n'a jamais été connue dans le
couvent que par le bruit formidable qu'elle faisait
en se mouchant. Les élèves l'appelaient madame
Vacarmini.

Vers 1820 ou 1821, madame de Genlis, qui ré-
digeait à cette époque un petit recueil périodique
intitulé l'*Intrépide*, demanda à entrer dame en
chambre au couvent du Petit-Picpus. M. le duc
d'Orléans la recommandait. Rumeur dans la ruche;
les mères vocales étaient toutes tremblantes; madame de Genlis avait fait des romans; mais elle
déclara qu'elle était la première à les détester, et

puis elle était arrivée à sa phase de dévotion farouche. Dieu aidant, et le prince aussi, elle entra. Elle s'en alla au bout de six ou huit mois, donnant pour raison que le jardin n'avait pas d'ombre. Les religieuses en furent ravies. Quoique très-vieille, elle jouait encore de la harpe, et fort bien.

En s'en allant, elle laissa sa marque à sa cellule. Madame de Genlis était superstitieuse et latiniste. Ces deux mots donnent d'elle un assez bon profil. On voyait encore, il y a quelques années, collés dans l'intérieur d'une petite armoire de sa cellule où elle serrait son argent et ses bijoux, ces cinq vers latins écrits de sa main à l'encre rouge sur papier jaune, et qui, dans son opinion, avaient la vertu d'effaroucher les voleurs :

Imparibus meritis pendent tria corpora ramis :
Dismas et Gesmas, media est divina potestas;
Alta petit Dismas, infelix, infima, Gesmas;
Nos et res nostras conservet summa potestas.
Hos versus dicas, ne tu furto tua perdas.

Ces vers, en latin du sixième siècle, soulèvent la question de savoir si les deux larrons du calvaire s'appelaient, comme on le croit communément,

Dimas et Gestas, ou Dismas et Gesmas. Cette or-
thographe eût pu contrarier les prétentions qu'a-
vait, au siècle dernier, le vicomte de Gestas à
descendre du mauvais larron. Du reste, la vertu
utile attachée à ces vers fait article de foi dans
l'ordre des hospitalières.

L'église de la maison, construite de manière à
séparer, comme une véritable coupure, le Grand-
Couvent du Pensionnat, était, bien entendu, commune au Pensionnat, au Grand-Couvent et au
Petit-Couvent. On y admettait même le public par
une sorte d'entrée de lazaret ménagée sur la rue.
Mais tout était disposé de façon qu'aucune des
habitantes du cloître ne pût voir un visage du dehors. Supposez une église dont le chœur serait
saisi par une main gigantesque, et plié de manière
à former, non plus, comme dans les églises ordi-
naires, un prolongement derrière l'autel, mais une
sorte de salle ou de caverne obscure à la droite de
l'officiant; supposez cette salle fermée par le rideau de sept pieds de haut dont nous avons déjà
parlé; entassez dans l'ombre de ce rideau, sur des
stalles de bois, les religieuses de chœur à gauche,
les pensionnaires à droite, les converses et les no-

vices au fond, et vous aurez quelque idée des religieuses du Petit-Picpus, assistant au service divin.
Cette caverne, qu'on appelait le chœur, communiquait avec le cloître par un couloir. L'église prenait jour sur le jardin. Quand les religieuses assistaient à des offices où leur règle leur commandait
le silence, le public n'était averti de leur présence
que par le choc des miséricordes des stalles se
levant et s'abaissant avec bruit.

VII

QUELQUES SILHOUETTES DE CETTE OMBRE

Pendant les six années qui séparent 1819 de 1825, la prieure du Petit-Picpus était mademoiselle de Blemeur qui en religion s'appelait mère Innocente. Elle était de la famille de la Marguerite de Blemeur, auteur de *la Vie des saints de l'ordre de Saint-Benoît*. Elle avait été réélue. C'était une femme d'une soixantaine d'années, courte, grosse, « chantant comme un pot fêlé. » dit la lettre que nous avons déjà citée; du reste excellente, la seule gaie dans tout le couvent, et pour cela adorée.

Mère Innocente tenait de son ascendante Marguerite, la Dacier de l'Ordre. Elle était lettrée, érudite, savante, compétente, curieusement historienne, farcie de latin, bourrée de grec, pleine d'hébreu, et plutôt bénédictin que bénédictine.

La sous-prieure était une vieille religieuse espagnole presque aveugle, la mère Cineres.

Les plus comptées parmi les *vocales* étaient la mère Sainte-Honorine, trésorière, la mère Sainte-Gertrude, première maîtresse des novices, la mère Saint-Ange, deuxième maîtresse, la mère Annonciation, sacristaine, la mère Saint-Augustin, infirmière, la seule dans tout le couvent qui fût méchante; puis mère Sainte-Mechtilde (Mlle Gauvain), toute jeune, ayant une admirable voix; mère des Anges (Mlle Drouet), qui avait été au couvent des Filles-Dieu et au couvent du Trésor entre Gisors et Magny; mère Saint-Joseph (Mlle de Cogolludo), mère Sainte-Adélaïde (Mlle D'Auverney), mère Miséricorde (Mlle de Cifuentes, qui ne put résister aux austérités), mère Compassion (Mlle de la Miltière, reçue à soixante ans malgré la règle, très-riche) ; mère Providence (Mlle de Laudinière), mère Présentation (Mlle de Siguenza), qui fut prieure en 1847 ; enfin, mère Sainte-Céligne (la sœur du sculpteur Ceracchi), devenue folle, mère Sainte-Chantal (Mlle de Suzon), devenue folle.

Il y avait encore parmi les plus jolies une charmante fille de vingt-trois ans, qui était de l'île Bourbon et descendante du chevalier Roze, qui se fût appelée dans le monde mademoiselle Roze et qui s'appelait mère Assomption.

La mère Sainte-Mechtilde, chargée du chant et du chœur, y employait volontiers les pensionnaires. Elle en prenait ordinairement une gamme complète, c'est-à-dire sept, de dix ans à seize inclusivement, voix et tailles assorties, qu'elle faisait chanter debout, alignées côte à côte par rang d'âge de la plus petite à la plus grande. Cela offrait aux regards quelque chose comme un pipeau de jeunes filles, une sorte de flûte de Pan vivante faite avec des anges.

Celles des sœurs converses que les pensionnaires aimaient le mieux, c'était la sœur Sainte-Euphrasie, la sœur Sainte-Marguerite, la sœur Sainte-Marthe, qui était en enfance, et la sœur

Saint-Michel, dont le long nez les faisait rire.

Toutes ces femmes étaient douces pour tous ces enfants. Les religieuses n'étaient sévères que pour elles-mêmes. On ne faisait de feu qu'au pensionnat, et la nourriture, comparée à celle du couvent, y était recherchée. Avec cela mille soins. Seulement quand un enfant passait près d'une religieuse et lui parlait, la religieuse ne répondait jamais.

Cette règle du silence avait engendré ceci que, dans tout le couvent, la parole était retirée aux créatures humaines et donnée aux objets inanimés. Tantôt c'était la cloche de l'église qui parlait, tantôt le grelot du jardinier. Un timbre très-sonore, placé à côté de la tourière et qu'on entendait de toute la maison, indiquait par des sonneries variées, qui étaient une façon de télégraphe acoustique, toutes les actions de la vie matérielle à accomplir, et appelait au parloir, si besoin était, telle ou telle habitante de la maison. Chaque personne et chaque chose avait sa sonnerie. La prieure avait un et un ; la sous-prieure un et deux. Six-cinq annonçait la classe, de telle sorte que les élèves ne disaient jamais rentrer en classe, mais aller à six-cinq. Quatre-quatre était le timbre de madame de Genlis. On l'entendait très-souvent. *C'est le diable à quatre,* disaient celles qui n'étaient point charitables. Dix-neuf coups annonçaient un grand événement. C'était l'ouverture de la *porte de clôture,* effroyable planche de fer hérissée de verrous qui ne tournait sur ses gonds que devant l'archevêque.

Lui et le jardinier exceptés, nous l'avons dit, aucun homme n'entrait dans le couvent. Les pensionnaires en voyaient deux autres : l'un, l'aumônier, l'abbé Banès, vieux et laid, qu'il leur était donné de contempler au chœur à travers une grille ; l'autre, le maître de dessin, **M.** Ansiaux, que la lettre dont on a déjà lu quelques lignes appelle *M. Anciot,* et qualifie *vieux affreux bossu.*

On voit que tous les hommes étaient choisis.

Telle était cette curieuse maison.

VIII

POST CORDA LAPIDES

Après en avoir esquissé la figure morale, il n'est pas inutile d'en indiquer en quelques mots la configuration matérielle. Le lecteur en a déjà quelque idée.

Le couvent du Petit-Picpus-Saint-Antoine emplissait presque entièrement le vaste trapèze qui ésultait des intersections de la rue Polonceau, de la rue Droit-Mur, de la petite rue Picpus et de la

ruelle condamnée nommée dans les vieux plans rue
Aumarais. Ces quatre rues entouraient ce trapèze
comme ferait un fossé. Le couvent se composait
de plusieurs bâtiments et d'un jardin. Le bâtiment
principal, pris dans son entier, était une juxtapo-
sition de constructions hybrides qui, vues à vol
d'oiseau, dessinaient assez exactement une potence
posée sur le sol. Le grand bras de la potence occupait tout le tronçon de la rue Droit-Mur compris
entre la petite rue Picpus et la rue Polonceau ; le
petit bras était une haute, grise et sévère façade
grillée qui regardait la petite rue Picpus ; la porte
cochère n° 62 en marquait l'extrémité. Vers le milieu de cette façade, la poussière et la cendre blan-
chissaient une vieille porte basse cintrée où les
araignées faisaient leur toile et qui ne s'ouvrait
qu'une heure ou deux le dimanche et aux rares
occasions où le cercueil d'une religieuse sortait du
couvent. C'était l'entrée publique de l'église. Le
coude de la potence était une salle carrée qui servait d'office et que les religieuses nommaient, *la
dépense*. Dans le grand bras étaient les cellules des
mères et des sœurs et le noviciat. Dans le petit bras
les cuisines, le réfectoire, doublé du cloître, et

l'église. Entre la porte n° 62 et le coin de la ruelle fermée Aumarais était le pensionnat, qu'on ne voyait pas du dehors. Le reste du trapèze formait le jardin qui était beaucoup plus bas que le niveau de la rue Polonceau, ce qui faisait les murailles bien plus élevées encore au dedans qu'à l'extérieur. Le jardin, légèrement bombé, avait à son milieu, au sommet d'une butte, un beau sapin aigu et conique, duquel partaient, comme du rond-point à pique d'un bouclier, quatre grandes allées, et, disposées deux par deux dans les embranchements des grandes, huit petites, de façon que, si l'enclos eût été circulaire, le plan géométral des allées eût ressemblé à une croix posée sur une roue. Les allées, venant toutes aboutir aux murs très-irréguliers du jardin, étaient de longueurs inégales. Elles étaient bordées de groseilliers. Au fond une allée de grands peupliers allait des ruines du vieux couvent, qui était à l'angle de la rue Droit-Mur, à la maison du Petit-Couvent, qui était à l'angle de la ruelle Aumarais. En avant du Petit-Couvent, il y avait ce qu'on intitulait le petit jardin. Qu'on ajoute à cet ensemble une cour, toutes sortes d'angles variés que faisaient les corps de logis intérieurs, des mu-

railles de prison, pour toute perspective et pour
tout voisinage la longue ligne noire de toits qui
bordait l'autre côté de la rue Polonceau, et l'on
pourra se faire une image complète de ce qu'était,
il y a quarante-cinq ans, la maison des bernardines du Petit-Picpus. Cette sainte maison avait
été bâtie précisément sur l'emplacement d'un jeu
de paume fameux du quatorzième au seizième siècle
qu'on appelait le *tripot des onze mille diables.*

Toutes ces rues du reste étaient des plus anciennes de Paris. Ces noms, Droit-Mur et Aumarais, sont bien vieux ; les rues qui les portent
sont beaucoup plus vieilles encore. La ruelle Aumarais s'est appelée la ruelle Maugout ; la rue
Droit-Mur s'est appelée la rue des Églantiers, car
Dieu ouvrait les fleurs avant que l'homme taillât
les pierres.

IX

UN SIECLE SOUS UNE GUIMPE

Puisque nous sommes en train de détails sur ce qu'était autrefois le couvent du Petit-Picpus et que nous avons osé ouvrir une fenêtre sur ce discret asile, que le lecteur nous permette encore une petite digression, étrangère au fond de ce livre, mais caractéristique et utile en ce qu'elle fait comprendre que le cloître lui-même a ses figures originales.

Il y avait dans le Petit-Couvent une centenaire

qui venait de l'abbaye de Fontevrault. Avant la révolution elle avait même été du monde. Elle parlait beaucoup de M. de Miromesnil, garde des
sceaux sous Louis XVI, et d'une présidente Duplat
qu'elle avait beaucoup connue. C'était son plaisir
et sa vanité de ramener ces deux noms à tout propos. Elle disait merveilles de l'abbaye de Fontevrault, que c'était comme une ville, et qu'il y avait
des rues dans le monastère.

Elle parlait avec un parler picard qui égayait les
pensionnaires. Tous les ans, elle renouvelait solen-
nellement ses vœux, et, au moment de faire ser-
ment, elle disait au prêtre : Monseigneur saint
François l'a baillé à monseigneur saint Julien,
monseigneur saint Julien l'a baillé à monseigneur
saint Eusèbe, monseigneur saint Eusèbe l'a baillé
à monseigneur saint Procope, etc., etc.; ainsi je
vous le baille, mon père. — Et les pensionnaires
de rire, non sous cape, mais sous voile; charmants
petits rires étouffés qui faisaient froncer le sourcil
aux mères vocales.

Une autre fois, la centenaire racontait des histoires. Elle disait que *dans sa jeunesse les bernardins ne le cédaient pas aux mousquetaires.* C'était

un siècle qui parlait, mais c'était le dix-huitième
siècle. Elle contait la coutume champenoise et
bourguignonne des quatre vins avant la révolution.
Quand un grand personnage, un maréchal de
France, un prince, un duc et pair, traversait une
ville de Bourgogne ou de Champagne, le corps de
ville venait le haranguer et lui présentait quatre
gondoles d'argent dans lesquelles on avait versé
de quatre vins différents. Sur le premier gobelet
on lisait cette inscription : *vin de singe,* sur le
deuxième : *vin de lion,* sur le troisième : *vin de
mouton,* sur le quatrième : *vin de cochon.* Ces
quatre légendes exprimaient les quatre degrés que
descend l'ivrogne : la première ivresse, celle qui
égaye ; la deuxième, celle qui irrite ; la troisième,
celle qui hébète ; la dernière enfin, celle qui abrutit.

Elle avait dans une armoire, sous clef, un objet
mystérieux auquel elle tenait fort. La règle de
Fontevrault ne le lui défendait pas. Elle ne voulait
montrer cet objet à personne. Elle s'enfermait, ce
que sa règle lui permettait, et se cachait chaque
fois qu'elle voulait le contempler. Si elle entendait
marcher dans le corridor, elle refermait l'armoire
aussi précipitamment qu'elle le pouvait avec ses

vieilles mains. Dès qu'on lui parlait de cela, elle se taisait, elle qui parlait si volontiers. Les plus curieuses échouèrent devant son silence et les plus tenaces devant son obstination. C'était aussi là un sujet de commentaires pour tout ce qui était désœuvré ou ennuyé dans le couvent. Que pouvait donc être cette chose si précieuse et si secrète qui était le trésor de la centenaire? Sans doute quelque saint livre? quelque chapelet unique? quelque relique prouvée? On se perdait en conjectures. A la mort de la pauvre vieille, on courut à l'armoire plus vite peut-être qu'il n'eût convenu, et on l'ouvrit. On trouva l'objet sous un triple linge comme une patène bénie. C'était un plat de Faënza représentant des amours qui s'envolent poursuivis par des garçons apothicaires armés d'énormes seringues. La poursuite abonde en grimaces et en postures comiques. Un des charmants petits amours est déjà tout embroché. Il se débat, agite ses petites ailes et essaye encore de voler, mais le matassin rit d'un rire satanique. Moralité : l'amour vaincu par la colique. Ce plat, fort curieux d'ailleurs, et qui a peut-être eu l'honneur de donner une idée à Molière, existait encore en septembre 1845; il était à

vendre chez un marchand de bric-à-brac du boulevard Beaumarchais.

Cette bonne vieille ne voulait recevoir aucune
visite du dehors, *à cause*, disait-elle, *que le parloir
est trop triste.*

X

ORIGINE DE L'ADORATION PERPÉTUELLE

Du reste, ce parloir presque sépulcral, dont nous avons essayé de donner une idée, est un fait tout local qui ne se reproduit pas avec la même sévérité dans d'autres couvents. Au couvent de la rue du Temple en particulier qui, à la vérité, était d'un autre ordre, les volets noirs étaient remplacés par des rideaux bruns, et le parloir lui-même était un salon parqueté dont les fenêtres s'encadraient

de bonnes-grâces en mousseline blanche et dont
les murailles admettaient toutes sortes de cadres,
un portrait d'une bénédictine à visage découvert,
des bouquets en peinture et jusqu'à une tête de
turc.

C'est dans le jardin du couvent de la rue du
Temple que se trouvait ce marronnier d'Inde qui
passait pour le plus beau et le plus grand de
France et qui avait parmi le bon peuple du dix-
huitième siècle la renommée d'être *le père de tous
les marronniers du royaume.*

Nous l'avons dit, ce couvent du Temple était
occupé par des bénédictines de l'Adoration Perpétuelle, bénédictines tout autres que celles qui rele-
vaient de Cîteaux. Cet ordre de l'Adoration Perpétuelle n'est pas très-ancien et ne remonte pas à
plus de deux cents ans. En 1649, le saint sacrement fut profané deux fois, à quelques jours de
distance, dans deux églises de Paris, à Saint-Sul-
pice et à Saint-Jean en Grève, sacrilége effrayant
et rare qui émut toute la ville. M. le prieur grand
vicaire de Saint-Germain des Prés ordonna une
procession solennelle de tout son clergé où officia
le nonce du pape. Mais l'expiation ne suffit pas à

deux dignes femmes, madame Courtin, marquise de Boucs, et la comtesse de Châteauvieux. Cet outrage, fait au « très-auguste sacrement de l'autel, » quoique passager, ne sortait pas de ces deux saintes âmes, et leur parut ne pouvoir être réparé que par une « Adoration Perpétuelle » dans quelque monastère de filles. Toutes deux, l'une en 1652, l'autre en 1653, firent donation de sommes notables à la mère Catherine de Bar, dite du Saint-Sacrement, religieuse bénédictine, pour fonder, dans ce but pieux, un monastère de l'ordre de Saint-Benoît; la première permission pour cette fondation fut donnée à la mère Catherine de Bar par M. de Metz, abbé de Saint-Germain, « à la charge « qu'aucune fille ne pourrait être reçue, qu'elle « n'apportât trois cents livres de pension, qui font « six mille livres au principal. » Après l'abbé de Saint-Germain, le roi accorda des lettres patentes, et le tout, charte abbatiale et lettres royales, fut homologué en 1654 à la chambre des comptes et au parlement.

Telle est l'origine et la consécration légale de l'établissement des bénédictines de l'Adoration Perpétuelle du Saint-Sacrement à Paris. Leur premier couvent fut « bâti à neuf, » rue Cassette, des deniers de mesdames de Boucs et de Château-vieux.

Cet ordre, comme on voit, ne se confondait point avec les bénédictines dites de Cîteaux. Il relevait de l'abbé de Saint-Germain des Prés, de la même manière que les dames du Sacré-Cœur relèvent du général des jésuites et les sœurs de Charité du gé-néral des lazaristes.

Il était également tout à fait différent des ber-nardines du Petit-Picpus, dont nous venons de montrer l'intérieur. En 1657, le pape Alexandre VII avait autorisé, par bref spécial, les bernardines du Petit-Picpus à pratiquer l'Adoration Perpétuelle comme les bénédictines du Saint-Sacrement. Mais les deux ordres n'en étaient pas moins restés dis-tincts.

XI

—

FIN DU PETIT-PICPUS

Dès le commencement de la restauration, le couvent du Petit-Picpus dépérissait ; ce qui fait partie de la mort générale de l'ordre, lequel, après le dix-huitième siècle, s'en va comme tous les ordres religieux. La contemplation est, ainsi que la prière, un besoin de l'humanité ; mais, comme tout ce que la révolution a touché, elle se transformera, et, d'hostile au progrès social, lui deviendra favorable.

La maison du Petit-Picpus se dépeuplait rapidement. En 1840, le Petit-Couvent avait disparu, le Pensionnat avait disparu. Il n'y avait plus ni les vieilles femmes, ni les jeunes filles ; les unes étaient mortes, les autres s'en étaient allées. *Volaverunt.*

La règle de l'Adoration Perpétuelle est d'une telle rigidité qu'elle épouvante ; les vocations reculent, l'ordre ne se recrute pas. En 1845, il se faisait encore çà et là quelques sœurs converses ; mais de religieuses de chœur, point. Il y a quarante ans, les religieuses étaient près de cent ; il y a quinze ans, elles n'étaient plus que vingt-huit. Combien sont-elles aujourd'hui ? En 1847, la prieure était jeune, signe que le cercle du choix se restreint. Elle n'avait pas quarante ans. A mesure que le nombre diminue, la fatigue augmente ; le service de chacune devient plus pénible ; on voyait dès lors approcher le moment où elles ne seraient plus qu'une douzaine d'épaules douloureuses et courbées pour porter la lourde règle de saint Benoît. Le fardeau est implacable et reste le même à peu comme à beaucoup. Il pesait, il écrase. Aussi elles meurent. Du temps que l'auteur de ce livre habitait encore Paris, deux sont mortes. L'une avait vingt-cinq ans; l'autre vingt-trois. Celle-ci peut dire comme Julia Alpinula : *Hic jaceo. Vixi annos viginti et tres.* C'est à cause de cette décadence que le couvent a renoncé à l'éducation des filles.

Nous n'avons pu passer devant cette maison extraordinaire, inconnue, obscure, sans y entrer et sans y faire entrer les esprits qui nous accompagnent et qui nous écoutent raconter, pour l'utilité de quelques-uns peut-être, l'histoire mélancolique de Jean Valjean. Nous avons pénétré dans cette communauté toute pleine de ces vieilles pratiques qui semblent si nouvelles aujourd'hui. C'est le jardin fermé. *Hortus conclusus.* Nous avons parlé de ce lieu singulier avec détail, mais avec respect, autant du moins que le respect et le détail sont conciliables. Nous ne comprenons pas tout, mais nous n'insultons rien. Nous sommes à égale distance de l'hosanna de Joseph de Maistre qui aboutit à sacrer le bourreau et du ricanement de Voltaire qui va jusqu'à railler le crucifix.

Illogisme de Voltaire, soit dit en passant; car Voltaire eût défendu Jésus comme il défendait Calas; et, pour ceux-là mêmes qui nient les incar-

nations surhumaines, que représente le crucifix?
Le sage assassiné.

Au dix-neuvième siècle, l'idée religieuse subit
une crise. On désapprend de certaines choses, et
l'on fait bien, pourvu qu'en désapprenant ceci, on
apprenne cela. Pas de vide dans le cœur humain.
De certaines démolitions se font, et il est bon
qu'elles se fassent, mais à la condition d'être suivies
de reconstructions.

En attendant, étudions les choses qui ne sont
plus. Il est nécessaire de les connaître, ne fût-ce que
pour les éviter. Les contrefaçons du passé prennent
de faux noms et s'appellent volontiers l'avenir. Ce
revenant, le passé, est sujet à falsifier son passe-
port. Mettons-nous au fait du piége. Défions-nous.
Le passé a un visage, la superstition, et un masque,
l'hypocrisie. Dénonçons le visage et arrachons le
masque.

Quant aux couvents, ils offrent une question
complexe. Question de civilisation, qui les con-
damne; question de liberté, qui les protége.

LIVRE SEPTIÈME

PARENTHÈSE

I

LE COUVENT, IDÉE ABSTRAITE

Ce livre est un drame dont le premier personnage est l'infini.

L'homme est le second.

Cela étant, comme un couvent s'est trouvé sur
notre chemin, nous avons dû y pénétrer. Pourquoi? C'est que le couvent, qui est propre à l'orient
comme à l'occident, à l'antiquité comme aux temps
modernes, au paganisme, au bouddhisme, au

mahométisme, comme au christianisme, est un
des appareils d'optique appliqués par l'homme sur
l'infini.

Ce n'est point ici le lieu de développer hors de
mesure de certaines idées ; cependant, tout en
maintenant absolument nos réserves, nos restric-
tions et même nos indignations, nous devons le
dire, toutes les fois que nous rencontrons dans
l'homme l'infini, bien ou mal compris, nous nous
sentons pris de respect. Il y a dans la synagogue,
dans la mosquée, dans la pagode, dans le wigwam,
un côté hideux que nous exécrons et un côté sublime que nous adorons. Quelle contemplation pour
l'esprit et quelle rêverie sans fond ! la réverbération
de Dieu sur le mur humain.

II

LE COUVENT FAIT HISTORIQUE

Au point de vue de l'histoire, de la raison et de la vérité, le monachisme est condamné.

Les monastères, quand ils abondent chez une nation, sont des nœuds à la circulation, des établissements encombrants, des centres de paresse là où il faut des centres de travail. Les communautés monastiques sont à la grande communauté sociale ce que le gui est au chêne, ce que la verrue

est au corps humain. Leur prospérité et leur em-
bonpoint sont l'appauvrissement du pays. Le régime monacal, bon au début des civilisations, utile
à produire la réduction de la brutalité par le spirituel, est mauvais à la virilité des peuples. En
outre, lorsqu'il se relâche, et qu'il entre dans sa
période de déréglement, comme il continue à donner l'exemple, il devient mauvais par toutes les
raisons qui le faisaient salutaire dans sa période
de pureté.

Les claustrations ont fait leur temps. Les cloîtres, utiles à la première éducation de la civilisation moderne, ont été gênants pour sa croissance
et sont nuisibles à son développement. En tant
qu'institution et que mode de formation pour
l'homme, les monastères, bons au dixième siècle,
discutables au quinzième, sont détestables au dix-
neuvième. La lèpre monacale a presque rongé jusqu'au squelette deux admirables nations, l'Italie et
l'Espagne, l'une la lumière, l'autre la splendeur de
l'Europe pendant des siècles, et, à l'époque où
nous sommes, ces deux illustres peuples ne commencent à guérir que grâce à la saine et vigoureuse
hygiène de 1789.

Le couvent, l'antique couvent de femmes particulièrement, tel qu'il apparaît encore au seuil de ce siècle en Italie, en Autriche, en Espagne, est une des plus sombres concrétions du moyen âge. Le cloître, ce cloître-là, est le point d'intersection des terreurs. Le cloître catholique proprement dit est tout rempli du rayonnement noir de la mort.

Le couvent espagnol surtout est funèbre. Là montent dans l'obscurité, sous des voûtes pleines de brume, sous des dômes vagues à force d'ombre, de massifs autels babéliques, hauts comme des cathédrales ; là pendent à des chaînes dans les ténèbres d'immenses crucifix blancs ; là s'étalent, nus sur l'ébène, de grands christs d'ivoire ; plus que sanglants, saignants ; hideux et magnifiques. les coudes montrant les os, les rotules montrant les téguments, les plaies montrant les chairs, couronnés d'épines d'argent, cloués de clous d'or, avec des gouttes de sang en rubis sur le front et des larmes en diamants dans les yeux. Les diamants et les rubis semblent mouillés, et font pleurer en bas dans l'ombre des êtres voilés qui ont les flancs meurtris par le cilice et par le fouet aux pointes de fer, les seins écrasés par des claies d'osier, les

genoux écorchés par la prière ; des femmes qui se
croient des épouses ; des spectres qui se croient
des séraphins. Ces femmes pensent-elles? non.
Veulent-elles? non. Aiment-elles? non. Vivent-
elles? non. Leurs nerfs sont devenus des os ; leurs
os sont devenus des pierres. Leur voile est de la
nuit tissue. Leur souffle sous le voile ressemble à
on ne sait quelle tragique respiration de la mort.
L'abbesse, une larve, les sanctifie et les terrifie.
L'immaculé est là, farouche. Tels sont les vieux
monastères d'Espagne. Repaires de la dévotion
terrible, antres de vierges, lieux féroces.

L'Espagne catholique était plus romaine que
Rome même. Le couvent espagnol était par excellence le couvent catholique. On y sentait l'orient.
L'archevêque, kislar-aga du ciel, verrouillait et
espionnait ce sérail d'âmes réservé à Dieu. La
nonne était l'odalisque, le prêtre était l'eunuque.
Les ferventes étaient choisies en songe et possé-
daient Christ. La nuit, le beau jeune homme nu
descendait de la croix et devenait l'extase de la
cellule. De hautes murailles gardaient de toute
distraction vivante la sultane mystique qui avait le
crucifié pour sultan. Un regard dehors était une

infidélité. L'*in pace* remplaçait le sac de cuir. Ce qu'on jetait à la mer en Orient, on le jetait à la terre en Occident. Des deux côtés, des femmes se tordaient les bras ; la vague aux unes, la fosse aux autres ; ici les noyées, là les enterrées. Parallélisme monstrueux.

Aujourd'hui les souteneurs du passé, ne pouvant nier ces choses, ont pris le parti d'en sourire. On a mis à la mode une façon commode et étrange de supprimer les révélations de l'histoire, d'infirmer les commentaires de la philosophie, et d'élider tous les faits gênants et toutes les questions sombres. *Matière à déclamations,* disent les habiles. Déclamations, répètent les niais. Jean-Jacques, déclamateur ; Diderot, déclamateur ; Voltaire sur Calas, Labarre et Sirven, déclamateur. Je ne sais qui a trouvé dernièrement que Tacite était un déclamateur, que Néron était une victime, et que décidément il fallait s'apitoyer « sur ce pauvre Holopherne. »

Les faits pourtant sont malaisés à déconcerter, et s'obstinent. L'auteur de ce livre a vu, de ses yeux, à huit lieues de Bruxelles, c'est là du moyen âge que tout le monde a sous la main, à l'abbaye

de Villers, le trou des oubliettes au milieu du pré
qui a été la cour du cloître, et, au bord de la Dyle,
quatre cachots de pierre, moitié sous terre, moitié
sous l'eau. C'étaient des *in pace*. Chacun de ces
cachots a un reste de porte de fer, une latrine, et
une lucarne grillée qui, dehors, est à deux pieds
au-dessus de la rivière, et, dedans, à six pieds au-
dessus du sol. Quatre pieds de rivière coulent
extérieurement le long du mur. Le sol est toujours
mouillé. L'habitant de l'*in pace* avait pour lit cette
terre mouillée. Dans l'un des cachots, il y a un
tronçon de carcan scellé au mur; dans un autre,
on voit une espèce de boîte carrée faite de quatre
lames de granit, trop courte pour qu'on s'y couche,
trop basse pour qu'on s'y dresse. On mettait là
dedans un être avec un couvercle de pierre par
dessus. Cela est. On le voit. On le touche. Ces *in
pace,* ces cachots, ces gonds de fer, ces carcans,
cette haute lucarne au ras de laquelle coule la rivière, cette boîte de pierre fermée d'un couvercle
de granit comme une tombe, avec cette différence
qu'ici le mort était un vivant, ce sol qui est de la
boue, ce trou de latrines, ces murs qui suintent,
quels déclamateurs!

III

A QUELLE CONDITION ON PEUT RESPECTER
LE PASSÉ

Le monachisme, tel qu'il existait en Espagne et
tel qu'il existe au Thibet, est pour la civilisation
une sorte de phthisie. Il arrête net la vie. Il dé-
peuple, tout simplement. Claustration, castration.
Il a été fléau en Europe. Ajoutez à cela la violence
si souvent faite à la conscience, les vocations for-

cées, la féodalité s'appuyant au cloître, l'aînesse versant dans le monachisme le trop-plein de la famille, les férocités dont nous venons de parler, les *in pace,* les bouches closes, les cerveaux murés, tant d'intelligences infortunées mises au cachot des vœux éternels, la prise d'habit, enterrement des âmes toutes vives. Ajoutez les supplices individuels aux dégradations nationales, et, qui que vous soyez, vous vous sentirez tressaillir devant le froc et le voile, ces deux suaires d'invention humaine.

Pourtant, sur certains points et en certains lieux, en dépit de la philosophie, en dépit du progrès, l'esprit claustral persiste en plein dix-neuvième siècle, et une bizarre recrudescence ascétique étonne en ce moment le monde civilisé. L'entête-ment des institutions vieillies à se perpétuer res-semble à l'obstination du parfum ranci qui récla-merait notre chevelure, à la prétention du poisson gâté qui voudrait être mangé, à la persécution du vêtement d'enfant qui voudrait habiller l'homme, et à la tendresse des cadavres qui reviendraient embrasser les vivants.

Ingrats! dit le vêtement. Je vous ai protégés dans le mauvais temps. Pourquoi ne voulez-vous

plus de moi ? Je viens de la pleine mer, dit le poisson. J'ai été la rose, dit le parfum. Je vous ai aimés,
dit le cadavre. Je vous ai civilisés, dit le couvent.

A cela une seule réponse : Jadis.

Rêver la prolongation indéfinie des choses dé-
funtes et le gouvernement des hommes par em-
baumement, restaurer les dogmes en mauvais état,
redorer les châsses, récrépir les cloîtres, rebénir
les reliquaires, remeubler les superstitions, ravi-
tailler les fanatismes, remmancher les goupillons,
reconstituer le monachisme, croire au salut de la
société par la multiplication des parasites, imposer
le passé au présent, cela semble étrange. Il y a
cependant des théoriciens pour ces théories-là. Ces
théoriciens, gens d'esprit d'ailleurs, ont un procédé
bien simple ; ils appliquent sur le passé un enduit
qu'ils appellent droit divin, respect des aïeux, autorité antique, tradition sainte, légitimité; et ils
vont criant : Voyez ! prenez ceci, honnêtes gens. —
Cette logique était connue des anciens. Les arus-
pices la pratiquaient. Ils frottaient de craie une
génisse noire, et disaient : Elle est blanche. *Bos
cretatus.*

Quant à nous, nous respectons çà et là et nous

épargnons partout le passé, pourvu qu'il consente
à être mort. S'il veut être vivant, nous l'attaquons,
et nous tâchons de le tuer.

Superstitions, bigotismes, cagotismes, préjugés,
ces larves, toutes larves qu'elles sont, sont tenaces
à la vie; elles ont des dents et des ongles dans leur
fumée; et il faut les étreindre corps à corps, et leur
faire la guerre, et la leur faire sans trêve; car c'est
une des fatalités de l'humanité d'être condamnée à
l'éternel combat des fantômes. L'ombre est difficile à prendre à la gorge et à terrasser.

Un couvent en France, en plein midi du dix-neuvième siècle, est un collége de hiboux faisant face
au jour. Un cloître, en flagrant délit d'ascétisme au
beau milieu de la cité de 89, de 1830 et de 1848,
Rome s'épanouissant dans Paris, c'est un anachro-
nisme. En temps ordinaire, pour dissou lre un ana-
chronisme et le faire évanouir, on n'a qu'à lui faire
épeler le millésime. Mais nous ne sommes point en
temps ordinaire.

Combattons.

Combattons, mais distinguons. Le propre de la
vérité, c'est de n'être jamais excessive. Quel besoin a-t-elle d'exagérer! Il y a ce qu'il faut dé-

truire, et il y a ce qu'il faut simplement éclairer et regarder. L'examen bienveillant et grave, quelle force! N'apportons point la flamme là où la lumière suffit.

Donc, le dix-neuvième siècle étant donné, nous sommes contraire, en thèse générale, et chez tous les peuples, en Asie comme en Europe, dans l'Inde comme en Turquie, aux claustrations ascétiques. Qui dit couvent dit marais. Leur putrescibilité est évidente, leur stagnation est malsaine, leur fermentation enfièvre les peuples et les étiole; leur multiplication devient plaie d Égypte. Nous ne pouvons penser sans effroi à ces pays où les fakirs, les bonzes, les santons, les caloyers, les marabouts, les talapoins et les derviches pullulent jusqu'au fourmillement vermineux.

Cela dit, la question re'igieuse subsiste. Cette question a de certains côtés mystérieux, presque redoutables; qu'il nous soit permis de la regarder fixement.

IV

LE COUVENT AU POINT DE VUE DES PRINCIPES

Des hommes se réunissent et habitent en commun. En vertu de quel droit? en vertu du droit d'association.

Ils s'enferment chez eux. En vertu de quel droit? en vertu du droit qu'a tout homme d'ouvrir ou de fermer sa porte.

Ils ne sortent pas. En vertu de quel droit? en

vertu du droit d'aller et de venir, qui implique le
droit de rester chez soi.

Là, chez eux, que font-ils?

Ils parlent bas; ils baissent les yeux; ils travaillent. Ils renoncent au monde, aux villes, aux
sensualités, aux plaisirs, aux vanités, aux orgueils,
aux intérêts. Ils sont vêtus de grosse laine ou de
grosse toile. Pas un d'eux ne possède en propriété
quoi que ce soit. En entrant là, celui qui était
riche se fait pauvre. Ce qu'il a, il le donne à tous.
Celui qui était ce qu'on appelle noble, gentilhomme
et seigneur, est l'égal de celui qui était paysan. La
cellule est identique pour tous. Tous subissent la
même tonsure, portent le même froc, mangent le
même pain noir, dorment sur la même paille,
meurent sur la même cendre. Le même sac sur le
dos, la même corde autour des reins. Si le parti
pris est d'aller pieds nus, tous vont pieds nus. Il
peut y avoir là un prince, ce prince est la même
ombre que les autres. Plus de titres. Les noms de
famille même ont disparu. Ils ne portent que des
prénoms. Tous sont courbés sous l'égalité des
noms de baptême. Ils ont dissous la famille char-
nelle, et constitué dans leur communauté la fa-

mille spirituelle. Ils n'ont plus d'autres parents que tous les hommes. Ils secourent les pauvres, ils soignent les malades. Ils élisent ceux auxquels ils obéissent. Ils se disent l'un à l'autre : mon frère.

Vous m'arrêtez, et vous vous écriez : — Mais c'est là le couvent idéal !

Il suffit que ce soit le couvent possible, pour que j'en doive tenir compte.

De là vient que, dans le livre précédent, j'ai parlé d'un couvent avec un accent respectueux. Le moyen âge écarté, l'Asie écartée, la question historique et politique réservée, au point de vue philosophique pur, en dehors des nécessités de la polémique militante, à la condition que le monastère soit absolument volontaire et ne renferme que des consentements, je considérerai toujours la communauté claustrale avec une certaine gravité attentive et, à quelques égards, déférente. Là où il y a la communauté, il y a la commune; là où il y a la commune, il y a le droit. Le monastère est le produit de la formule : Égalité, Fraternité. Oh ! que la liberté est grande ! et quelle transfiguration splendide ! la liberté suffit à transformer le monastère en république.

Continuons.

Mais ces hommes, ou ces femmes, qui sont derrière ces quatre murs, ils s'habillent de bure, ils sont égaux, ils s'appellent frères; c'est bien; mais ils font encore autre chose?

Oui.

Quoi?

Ils regardent l'ombre, ils se mettent à genoux, et ils joignent les mains.

Qu'est-ce que cela signifie?

V

LA PRIÈRE.

Ils prient.

Qui ?

Dieu.

Prier Dieu, que veut dire ce mot ?

Y a-t-il un infini hors de nous ? Cet infini est-il un, immanent, permanent ; nécessairement substantiel, puisqu'il est infini, et que, si la matière lui manquait, il serait borné là ; nécessairement intel-

ligent, puisqu'il est infini, et que, si l'intelligence
lui manquait, il serait fini là? Cet infini éveille-t-il
en nous l'idée d'essence, tandis que nous ne pouvons nous attribuer à nous-mêmes que l'idée
d'existence? En d'autres termes, n'est-il pas l'absolu dont nous sommes le relatif?

En même temps qu'il y a un infini hors de nous,
n'y a-t-il pas un infini en nous? Ces deux infinis
(quel pluriel effrayant!) ne se superposent-ils pas
l'un à l'autre? Le second infini n'est-il pas pour
ainsi dire sous-jacent au premier? n'en est-il pas le
miroir, le reflet, l'écho, abîme concentrique à un
autre abîme? Ce second infini est-il intelligent lui
aussi? Pense-t-il? aime-t-il? veut-il? Si les deux
infinis sont intelligents, chacun d'eux a un principe
voulant, et il y a un moi dans l'infini d'en haut
comme il y a un moi dans l'infini d'en bas. Le
moi d'en bas, c'est l'âme; le moi d'en haut, c'est
Dieu.

Mettre, par la pensée, l'infini d'en bas en contact avec l'infini d'en haut, cela s'appelle prier.

Ne retirons rien à l'esprit humain ; supprimer
est mauvais. Il faut réformer et transformer. Certaines facultés de l'homme sont dirigées vers l'In-

connu ; la pensée, la rêverie, la prière. L'Inconnu
est un océan. Qu'est-ce que la conscience ? C'est
la boussole de l'Inconnu. Pensée, rêverie, prière,
ce sont là de grands rayonnements mystérieux.
Respectons-les. Où vont ces irradiations ma-
jestueuses de l'âme ? à l'ombre ; c'est-à-dire à la
lumière.

La grandeur de la démocratie, c'est de ne rien
nier et de ne rien renier de l'humanité. Près du
droit de l'Homme, au moins à côté, il y a le droit
de l'Ame.

Écraser les fanatismes et vénérer l'infini, telle
est la loi. Ne nous bornons pas à nous prosterner
sous l'arbre Création, et à contempler ses immenses branchages pleins d'astres. Nous avons
un devoir : travailler à l'âme humaine, défendre le
mystère contre le miracle, adorer l'incompréhensible et rejeter l'absurde, n'admettre, en fait
d'inexplicable, que le nécessaire, assainir la
croyance, ôter les superstitions de dessus la religion ; écheniller Dieu.

VI

BONTÉ ABSOLUE DE LA PRIÈRE

Quant au mode de prier, tous sont bons, pourvu qu'ils soient sincères. Tournez votre livre à l'envers, et soyez dans l'infini.

Il y a, nous le savons, une philosophie qui nie l'infini. Il y a aussi une philosophie, classée pathologiquement, qui nie le soleil; cette philosophie s'appelle cécité.

Ériger un sens qui nous manque en source de vérité, c'est un bel aplomb d'aveugle.

Le curieux, ce sont les airs hautains, supérieurs et compatissants que prend, vis-à-vis de la philosophie qui voit Dieu, cette philosophie à tâtons. On croit entendre une taupe s'écrier : Ils me font pitié avec leur soleil !

Il y a, nous le savons, d'illustres et puissants athées. Ceux-là, au fond, ramenés au vrai par leur puissance même, ne sont pas bien sûrs d'être athées, ce n'est guère avec eux qu'une affaire de définition, et, dans tous les cas, s'ils ne croient pas Dieu, étant de grands esprits, ils prouvent Dieu.

Nous saluons en eux les philosophes, tout en qualifiant inexorablement leur philosophie.

Continuons.

L'admirable aussi, c'est la facilité à se payer de mots. Une école métaphysique du nord, un peu imprégnée de brouillard, a cru faire une révolution dans l'entendement humain en remplaçant le mot Force par le mot Volonté.

Dire : la plante veut; au lieu de : la plante croît; cela serait fécond, en effet, si l'on ajoutait : l'univers veut. Pourquoi? C'est qu'il en sortirait ceci :

la plante veut, donc elle a un moi ; l'univers veut, donc il a un Dieu.

Quant à nous, qui pourtant, au rebours de cette école, ne rejetons rien à priori, une volonté dans la plante, acceptée par cette école, nous paraît plus difficile à admettre qu'une volonté dans l'univers, niée par elle.

Nier la volonté de l'infini, c'est-à-dire Dieu, cela ne se peut qu'à la condition de nier l'infini. Nous l'avons démontré.

La négation de l'infini mène droit au Nihilisme. Tout devient « une conception de l'esprit. »

Avec le nihilisme pas de discussion possible. Car le nihiliste logique doute que son interlocuteur existe, et n'est pas bien sûr d'exister lui-même.

A son point de vue, il est possible qu'il ne soit lui-même pour lui-même qu'une « conception de « son esprit. »

Seulement, il ne s'aperçoit point que tout ce qu'il a nié, il l'admet en bloc, rien qu'en prononçant ce mot : Esprit.

En somme, aucune voie n'est ouverte pour la pensée par une philosophie qui fait tout aboutir au monosyllabe Non.

A : non, il n'y a qu'une réponse : Oui.

Le nihilisme est sans portée.

Il n'y a pas de néant. Zéro n'existe pas. Tout est quelque chose. Rien n'est rien.

L'homme vit d'affirmation plus encore que de pain.

Voir et montrer, cela même ne suffit pas. La philosophie doit être une énergie; elle doit avoir pour effort et pour effet d'améliorer l'homme. Socrate doit entrer dans Adam et produire Marc-Aurèle; en d'autres termes, faire sortir de l'homme de la félicité l'homme de la sagesse. Changer l'Éden en Lycée. La science doit être un cordial. Jouir, quel triste but et quelle ambition chétive! La brute jouit. Penser, voilà le triomphe vrai de l'âme. Tendre la pensée à la soif des hommes, leur donner à tous en élixir la notion de Dieu, faire fraterniser en eux la conscience et la science, les rendre justes par cette confrontation mystérieuse, telle est la fonction de la philosophie réelle. La morale est un épanouissement de vérités. Contempler mène à agir. L'absolu doit être pratique. Il faut que l'idéal soit respirable, potable et mangeable à l'esprit humain. C'est l'idéal qui a le droit de dire : *Prenez, ceci est ma chair, ceci est mon sang.* La sagesse est une communion sacrée. C'est à cette condition qu'elle cesse d'être un stérile amour de la science pour devenir le mode un et souverain du ralliement humain, et que de philosophie elle est promue religion.

La philosophie ne doit pas être un encorbellement bâti sur le mystère pour le regarder à son aise, sans autre résultat que d'être commode à la curiosité.

Pour nous, en ajournant le développement de notre pensée à une autre occasion, nous nous bornons à dire que nous ne comprenons ni l'homme, comme point de départ, ni le progrès comme but, sans ces deux forces qui sont les deux moteurs : croire et aimer.

Le progrès est le but, l'idéal est le type.

Qu'est-ce que l'idéal ? C'est Dieu.

Idéal, absolu, perfection, infini ; mots identiques.

VII

L'histoire et la philosophie ont d'éternels devoirs
qui sont en même temps des devoirs simples; combattre Caïphe évêque, Dracon juge, Trimalcion
législateur, Tibère empereur ; cela est clair, direct
et limpide, et n'offre aucune obscurité. Mais le droit
de vivre à part, même avec ses inconvénients et
ses abus, veut être constaté et ménagé. Le céno-
bitisme est un problème humain.

Lorsqu'on parle des couvents, ces lieux d'erreur, mais d'innocence, d'égarement, mais de bonne volonté, d'ignorance, mais de dévouement, de supplice, mais de martyre, il faut presque toujours dire oui et non.

Un couvent, c'est une contradiction. Pour but, le salut; pour moyen, le sacrifice. Le couvent, c'est le suprême égoïsme ayant pour résultante la suprême abnégation.

Abdiquer pour régner, semble être la devise du monachisme.

Au cloître, on souffre pour jouir. On tire une lettre de change sur la mort. On escompte en nuit terrestre la lumière céleste. Au cloître, l'enfer est accepté en avance d'hoirie sur le paradis.

La prise de voile ou de froc est un suicide payé d'éternité.

Il ne nous paraît pas qu'en un pareil sujet la moquerie soit de mise. Tout y est sérieux, le bien comme le mal.

L'homme juste fronce le sourcil, mais ne sourit jamais du mauvais sourire. Nous comprenons la colère, non la malignité.

VIII

FOI, LOI

Encore quelques mots.

Nous blâmons l'Église quand elle, est saturée d'intrigues, nous méprisons le spirituel âpre au temporel ; mais nous honorons partout l'homme pensif.

Nous saluons qui s'agenouille.

Une foi ; c'est là pour l'homme le nécessaire. Malheur à qui ne croit rien !

On n'est pas inoccupé parce qu'on est absorbé. Il y a le labeur visible et le labeur invisible.

Contempler, c'est labourer; penser, c'est agir.

Les bras croisés travaillent, les mains jointes font. Le regard au ciel est une œuvre.

Thalès resta quatre ans immobile. Il fonda la philosophie.

Pour nous les cénobites ne sont pas des oisifs, et les solitaires ne sont pas des fainéants.

Songer à l'Ombre est une chose sérieuse.

Sans rien infirmer de ce que nous venons de dire, nous croyons qu'un perpétuel souvenir du tombeau convient aux vivants. Sur ce point le prêtre et le philosophe sont d'accord. *Il faut mourir.* L'abbé de La Trappe donne la réplique à Horace.

Mêler à sa vie une certaine présence du sépulcre, c'est la loi du sage; et c'est la loi de l'ascète. Sous ce rapport l'ascète et le sage convergent.

Il y a la croissance matérielle; nous la voulons. Il y a aussi la grandeur morale; nous y tenons.

Les esprits irréfléchis et rapides disent :

— A quoi bon ces figures immobiles du côté du mystère? à quoi servent-elles? qu'est-ce qu'elles font?

Hélas! en présence de l'obscurité qui nous environne et qui nous attend, ne sachant pas ce que la dispersion immense fera de nous, nous répondons : Il n'y a pas d'œuvre plus sublime peut-être que celle que font ces âmes. Et nous ajoutons : Il n'y a peut-être pas de travail plus utile.

Il faut bien ceux qui prient toujours pour ceux qui ne prient jamais.

Pour nous, toute la question est dans la quantité de pensée qui se mêle à la prière.

Leibnitz priant, cela est grand, Voltaire adorant, cela est beau. *Deo erexit Voltaire.*

Nous sommes pour la religion contre les religions.

Nous sommes de ceux qui croient à la misère des oraisons et à la sublimité de la prière.

Du reste, dans cette minute que nous traversons, minute qui heureusement ne laissera point au dix-neuvième siècle sa figure, à cette heure où tant d'hommes ont le front bas et l'âme peu haute, parmi tant de vivants ayant pour morale de jouir, et occupés des choses courtes et difformes de la matière, quiconque s'exile nous semble vénérable. Le monastère est un renoncement. Le sacrifice qui porte à faux est encore le sacrifice. Prendre pour devoir une erreur sévère, cela a sa grandeur.

Pris en soi, et idéalement, et pour tourner autour de la vérité jusqu'à épuisement impartial de tous les aspects, le monastère, le couvent de femmes surtout, car dans notre société, c'est la femme qui souffre le plus, et dans cet exil du cloître il y a de la protestation, le couvent de femmes a incontestablement une certaine majesté.

Cette existence claustrale si austère et si morne, dont nous venons d'indiquer quelques linéaments, ce n'est pas la vie, car ce n'est pas la liberté; ce n'est pas la tombe, car ce n'est pas la plénitude; c'est le lieu étrange d'où l'on aperçoit, comme de la crête d'une haute montagne, d'un côté l'abîme où nous sommes, de l'autre l'abîme où nous serons; c'est une frontière étroite et brumeuse séparant deux mondes, éclairée et obscurcie par les deux à la fois, où le rayon affaibli de la vie se mêle au rayon vague de la mort; c'est la pénombre du tombeau.

Quant à nous, qui ne croyons pas ce que ces femmes croient, mais qui vivons comme elles par la foi, nous n'avons jamais pu considérer sans une espèce de terreur religieuse et tendre, sans une sorte de pitié pleine d'envie, ces créatures dévouées, tremblantes et confiantes, ces âmes humbles et augustes qui osent vivre au bord même du mystère, attendant, entre le monde qui est fermé et le ciel qui n'est pas ouvert, tournées vers la clarté qu'on ne voit pas, ayant seulement le bonheur de penser qu'elles savent où elle est, aspirant au gouffre et à l'inconnu, l'œil fixé sur l'obscurité immobile, agenouillées, éperdues, stupéfaites, frissonnantes, à demi soulevées à de certaines heures par les souffles profonds de l'éternité.

LIVRE HUITIÈME

LES CIMETIÈRES PRENNENT
CE QU'ON LEUR DONNE

I

OU IL EST TRAITÉ DE LA MANIÈRE D'ENTRER
AU COUVENT

C'est dans cette maison que Jean Valjean était.
comme avait dit Fauchelevent, « tombé du ciel. »

Il avait franchi le mur du jardin qui faisait
l'angle de la rue Polonceau. Cet hymne des anges
qu'il avait entendu au milieu de la nuit, c'étaient les
religieuses chantant matines ; cette salle qu'il avait

entrevue dans l'obscurité, c'était la chapelle; ce
fantôme qu'il avait vu étendu à terre, c'était la
sœur faisant la réparation; ce grelot dont le bruit
l'avait si étrangement surpris, c'était le grelot
du jardinier attaché au genou du père Fauchelevent.

Une fois Cosette couchée, Jean Valjean et Fauchelevent avaient, comme on l'a vu, soupé d'un
verre de vin et d'un morceau de fromage devant un
bon fagot flambant; puis, le seul lit qu'il y eût
dans la baraque étant occupé par Cosette, ils
s'étaient jetés chacun sur une botte de paille. Avant
de fermer les yeux, Jean Valjean avait dit : — Il
faut désormais que je reste ici. — Cette parole
avait trotté toute la nuit dans la tête de Fauchelevent.

A vrai dire, ni l'un ni l'autre n'avaient dormi.

Jean Valjean, se sentant découvert et Javert sur
sa piste, comprenait que lui et Cosette étaient
perdus s'ils rentraient dans Paris. Puisque le nouveau coup de vent qui venait de souffler sur lui
l'avait échoué dans ce cloître, Jean Valjean n'avait
plus qu'une pensée, y rester. Or, pour un malheureux dans sa position, ce couvent était à la fois le

lieu le plus dangereux et le plus sûr ; le plus dangereux, car, aucun homme ne pouvant y pénétrer,
si on l'y découvrait, c'était un flagrant délit, et Jean
Valjean ne faisait qu'un pas du couvent à la prison; le plus sûr, car, si l'on parvenait à s'y faire
accepter et à y demeurer, qui viendrait vous
chercher là? Habiter un lieu impossible, c'était le
salut.

De son côté, Fauchelevent se creusait la cer-
velle. Il commençait par se déclarer qu'il n'y comprenait rien. Comment M. Madeleine se trouvait-il
là, avec les murs qu'il y avait? Des murs de cloître
ne s'enjambent pas. Comment s'y trouvait-il
avec un enfant? On n'escalade pas une muraille
à pic avec un enfant dans ses bras. Qu'était-ce
que cet enfant? d'où venaient-ils tous les deux?
Depuis que Fauchelevent était dans le couvent, il
n'avait plus entendu parler de M. — sur M. —, et
il ne savait rien de ce qui s'était passé. Le père
Madeleine avait cet air qui décourage les questions ;
et d'ailleurs Fauchelevent se disait : On ne ques-
tionne pas un saint. M. Madeleine avait conservé
pour lui tout son prestige. Seulement, de quelques
mots échappés à Jean Valjean, le jardinier crut

pouvoir conclure que M. Madeleine avait probablement fait faillite par la dureté des temps,
et qu'il était poursuivi par ses créanciers; ou
bien qu'il était compromis dans une affaire politique et qu'il se cachait; ce qui ne déplut point
à Fauchelevent, lequel, comme beaucoup de nos
paysans du Nord, avait un vieux fond bonapartiste.
Se cachant, M. Madeleine avait pris le couvent
pour asile, et il était simple qu'il voulût y rester.
Mais l'inexplicable, où Fauchelevent revenait toujours et où il se cassait la tête, c'était que M. Madeleine fût là, et qu'il y fût avec cette petite. Fauchelevent les voyait, les touchait, leur parlait, et n'y
croyait pas. L'incompréhensible venait de faire son
entrée dans la cahute de Fauchelevent. Fauchelevent
était à tâtons dans les conjectures, et ne
voyait plus rien de clair sinon ceci : M. Madeleine
m'a sauvé la vie. Cette certitude unique suffisait,
et le détermina. Il se dit à part lui : C'est mon
tour. Il ajouta dans sa conscience : M. Madeleine
n'a pas tant délibéré quand il s'est agi de se four-
rer sous la voiture pour m'en tirer. Il décida qu'il
sauverait M. Madeleine.

Il se fit pourtant diverses questions et diverses

réponses : — Après ce qu'il a été pour moi, si c'était un voleur, le sauverais-je? tout de même. Si c'était un assassin, le sauverais-je? tout de même. Puisque c'est un saint, le sauverai-je? tout de même.

Mais le faire rester dans le couvent, quel problème! Devant cette tentative presque chimérique, Fauchelevent ne recula point; ce pauvre paysan picard, sans autre échelle que son dévouement, sa bonne volonté, et un peu de cette vieille finesse campagnarde mise cette fois au service d'une intention généreuse, entreprit d'escalader les impossibilités du cloître et les rudes escarpements de la règle de Saint-Benoît. Le père Fauchelevent était un vieux qui toute sa vie avait été égoïste, et qui, à la fin de ses jours, boiteux, infirme, n'ayant plus aucun intérêt au monde, trouva doux d'être reconnaissant, et voyant une vertueuse action à faire, se jeta dessus comme un homme qui, au moment de mourir, rencontrerait sous sa main un verre d'un bon vin dont il n'aurait jamais goûté et le boirait avidement. On peut ajouter que l'air qu'il respirait depuis plusieurs années déjà dans ce couvent avait détruit la personnalité en lui, et avait fini par lui

ᐟrendre nécessaire une bonne action quelconque.

Il prit donc sa résolution : se dévouer à M. Madeleine.

Nous venons de le qualifier *pauvre paysan picard*. La qualification est juste, mais incomplète. Au point de cette histoire où nous sommes, un peu de physiologie du père Fauchelevent devient utile. Il était paysan, mais il avait été tabellion, ce qui ajoutait de la chicane à sa finesse, et de la pénétration à sa naïveté. Ayant, pour des causes diverses, échoué dans ses affaires, de tabellion il était tombé charretier et manœuvre. Mais, en dépit des jurons et des coups de fouet, nécessaires aux chevaux, à ce qu'il paraît, il était resté du tabellion en lui. Il avait quelque esprit naturel ; il ne disait ni j'ons ni j'avons ; il causait, chose rare au village ; et les autres paysans disaient de lui : il parle quasiment comme un monsieur à chapeau. Fauchelevent était en effet de cette espèce que le vocabulaire impertinent et léger du dernier siècle qualifiait : *demi-bourgeois, demi-manant;* et que les métaphores tombant du château sur la chaumière étiquetaient dans le casier de la roture : *un peu rustre, un peu citadin; poivre et sel.* Fauchelevent, quoique fort éprouvé et fort usé par le sort, espèce de pauvre vieille âme montrant la corde, était pourtant homme de premier mouvement, et très-spontané ; qualité précieuse qui empêche qu'on soit jamais mauvais. Ses défauts et ses vices, car il en avait eu, étaient de surface ; en somme, sa physionomie était de celles qui réussissent près de l'observateur. Ce vieux visage n'avait aucune de ces fâcheuses rides du haut du front qui signifient méchanceté ou bêtise.

Au point du jour, ayant énormément songé, le père Fauchelevent ouvrit les yeux et vit M. Madeleine qui, assis sur sa botte de paille, regardait Cosette dormir. Fauchelevent se dressa sur son séant et dit :

— Maintenant que vous êtes ici, comment allez-vous faire pour y entrer?

Ce mot résumait la situation, et réveilla Jean Valjean de sa rêverie.

Les deux bonshommes tinrent conseil.

— D'abord, dit Fauchelevent, vous allez commencer par ne pas mettre les pieds hors de cette chambre, la petite ni vous. Un pas dans le jardin, nous sommes flambés.

— C'est juste.

— Monsieur Madeleine, reprit Fauchelevent, vous êtes arrivé dans un moment très-bon, je veux dire très-mauvais, il y a une de ces dames fort malade. Cela fait qu'on ne regardera pas beaucoup de notre côté. Il paraît qu'elle se meurt. On dit les prières de quarante heures. Toute la communauté est en l'air. Ça les occupe. Celle qui est en train de s'en aller est une sainte. Au fait, nous sommes tous des saints ici ; toute la différence entre elles et moi, c'est qu'elles disent : notre cellule, et que je dis : ma piolle. Il va y avoir l'oraison pour les agonisants, et puis l'oraison pour les morts. Pour aujourd'hui nous serons tranquilles ici ; mais je ne réponds pas de demain.

— Pourtant, observa Jean Valjean, cette baraque est dans le rentrant du mur, elle est cachée par une espèce de ruine, il y a des arbres, on ne la voit pas du couvent.

— Et j'ajoute que les religieuses n'en approchent jamais.

— Eh bien ? fit Jean Valjean.

Le point d'interrogation qui accentuait cet : eh bien, signifiait : il me semble qu'on peut y demeurer

caché. C'est à ce point d'interrogation que Fauchelevent répondit :

— Il y a les petites.

— Quelles petites? demanda Jean Valjean.

Comme Fauchelevent ouvrait la bouche pour
expliquer le mot qu'il venait de prononcer, une
cloche sonna un coup.

— La religieuse est morte, dit-il. Voici le glas.

Et il fit signe à Jean Valjean d'écouter.

La cloche sonna un second coup.

C'est le glas, monsieur Madeleine. La cloche
va continuer de minute en minute pendant vingt-
quatre heures jusqu'à la sortie du corps de l'église.
Voyez-vous, ça joue. Aux récréations il suffit qu'une
balle roule pour qu'elles s'en viennent, malgré les
défenses. chercher et fourbanser partout par ici.
C'est des diables, ces chérubins-là.

— Qui? demanda Jean Valjean.

— Les petites. Vous seriez bien vite découvert,
allez. Elles crieraient: Tiens ! un homme ! Mais il
n'y a pas de danger aujourd'hui. Il n'y aura pas
de récréation. La journée va être tout prières. Vous
entendez la cloche. Comme je vous le disais, un
coup par minute. C'est le glas.

— Je comprends, père Fauchelevent. Il y a des pensionnaires.

Et Jean Valjean pensa à part lui :

— Ce serait l'éducation de Cosette toute trouvée.

Fauchelevent s'exclama :

— Pardine ! s'il y a des petites filles ! Et qui piailleraient autour de vous! et qui se sauveraient ! Ici, être homme, c'est avoir la peste. Vous voyez bien qu'on m'attache un grelot à la patte comme à une bête féroce.

Jean Valjean songeait de plus en plus profondément. — Ce couvent nous sauverait, murmurait-il. Puis il éleva la voix :

— Oui, le difficile, c'est de rester.

— Non, dit Fauchelevent, c'est de sortir.

Jean Valjean sentit le sang lui refluer au cœur.

— Sortir !

— Oui, monsieur Madeleine, pour rentrer, il faut que vous sortiez.

Et, après avoir laissé passer un coup de cloche du glas, Fauchelevent poursuivit :

— On ne peut pas vous trouver ici comme ça. D'où venez-vous? pour moi vous tombez du ciel,

parce que je vous connais ; mais des religieuses, ça
a besoin qu'on entre par la porte.

Tout à coup on entendit une sonnerie assez com-
pliquée d'une autre cloche.

—Ah ! dit Fauchelevent, on sonne les mères
vocales. Elles vont au chapitre. On tient toujours
chapitre quand quelqu'un est mort. Elle est morte
au point du jour. C'est ordinairement au point du
jour qu'on meurt. Mais est-ce que vous ne pourriez
pas sortir par où vous êtes entré ? Voyons, ce n'est
pas pour vous faire une question, par où êtes-vous
entré ?

Jean Valjean devint pâle, la seule idée de redes-
cendre dans cette rue formidable le faisait frissonner. Sortez d'une forêt pleine de tigres, et, une
fois dehors, imaginez-vous un conseil d'ami qui
vous engage à y rentrer. Jean Valjean se figurait
toute la police encore grouillante dans le quartier,
des agents en observation , des vedettes partout,
d'affreux poings tendus vers son collet, Javert peut-
être au coin du carrefour.

—Impossible ! dit-il. Père Fauchelevent, mettez
que je suis tombé de là-haut.

—Mais je le crois, je le crois, repartit Fauchelevent. Vous n'avez pas besoin de me le dire. Le bon Dieu vous aura pris dans sa main pour vous regarder de près, et puis vous aùra lâché. Seulement il voulait vous mettre dans un couvent d'hommes; il s'est trompé. Allons, encore une sonnerie. Celle-ci est pour avertir le portier d'aller prévenir la municipalité pour qu'elle aille prévenir le médecin des morts pour qu'il vienne voir qu'il y a une morte. Tout ça, c'est la cérémonie de mourir. Elles n'aiment pas beaucoup cette visite-là, ces bonnes dames. Un médecin, ça ne croit à rien. Il lève le voile. Il lève même quelquefois autre chose. Comme elles ont vite fait avertir le médecin, cette fois-ci ! Qu'est-ce qu'il y a donc? Votre petite dort toujours. Comment se nomme-t-elle ?

— Cosette.

— C'est votre fille? comme qui dirait : vous seriez son grand-père ?

— Oui.

— Pour elle, sortir d'ici, ce sera facile. J'ai ma porte de service qui donne sur la cour. Je cogne. Le portier ouvre; j'ai ma hotte sur le dos, la petite est dedans, je sors. Le père Fauchelevent sort avec sa hotte, c'est tout simple. Vous direz à la petite de se tenir bien tranquille. Elle sera sous la bâche. Je la déposerai le temps qu'il faudra chez une vieille bonne amie de fruitière que j'ai rue du Chemin-Vert, qui est sourde et où il y a un petit lit. Je crierai dans l'oreille de la fruitière que c'est une nièce à moi, et de me la garder jusqu'à demain. Puis la petite rentrera avec vous. Car je vous ferai rentrer. Il le faudra bien. Mais vous, comment ferez-vous pour sortir ? –

Jean Valjean hocha la tête.

— Que personne ne me voie, tout est là, père Fauchelevent. Trouvez moyen de me faire sortir comme Cosette dans une hotte et sous une bâche.

Fauchelevent se grattait le bas de l'oreille avec le médium de la main gauche, signe de sérieux embarras.

Une troisième sonnerie fit diversion.

— Voici le médecin des morts qui s'en va, dit Fauchelevent. Il a regardé, et dit : elle est morte, c'est bon. Quand le médecin a visé le passe-port pour le paradis, les pompes funèbres envoient une bière. Si c'est une mère, les mères l'ensevelissent ; si c'est une sœur, les sœurs l'ensevelissent. Après quoi, je cloue. Cela fait partie de mon jardinage. Un jardinier est un peu fossoyeur. On la met dans une salle basse de l'église qui communique à la rue et où pas un homme ne peut entrer que le médecin des morts. Je ne compte pas pour des hommes les croque-morts et moi. C'est dans cette salle que je cloue la bière. Les croque-morts viennent la prendre, et fouette cocher ! c'est comme cela qu'on s'en va au ciel. On apporte une boîte où il n'y a rien, on la remporte avec quelque chose dedans. Voilà ce que c'est qu'un enterrement. *De profundis.*

Un rayon de soleil horizontal effleurait le visage de Cosette endormie qui entr'ouvrait vaguement la bouche, et avait l'air d'un ange buvant de la lumière. Jean Valjean s'était mis à la regarder. Il n'écoutait plus Fauchelevent.

N'être pas écouté, ce n'est pas une raison pour se taire. Le brave vieux jardinier continuait paisiblement son rabâchage :

— On fait la fosse au cimetière Vaugirard. On prétend qu'on va le supprimer, ce cimetière Vaugirard. C'est un ancien cimetière qui est en dehors des règlements, qui n'a pas l'uniforme et qui va prendre sa retraite. C'est dommage, car il est commode. J'ai là un ami, le père Mestienne le fossoyeur. Les religieuses d'ici ont un privilége, c'est d'être portées à ce cimetière-là à la tombée de la nuit. Il y a un arrêté de la préfecture exprès pour elles. Mais que d'événements depuis hier ! la mère Crucifixion est morte, et le père Madeleine...

— Est enterré, dit Jean Valjean souriant tristement.

Fauchelevent fit ricocher le mot.

— Dame ! si vous étiez ici tout à fait, ce serait un véritable enterrement.

Une quatrième sonnerie éclata. Fauchelevent détacha vivement du clou la genouillère à grelot et la reboucla à son genou.

— Cette fois, c'est moi. La mère prieure me demande. Bon, je me pique à l'ardillon de ma boucle. Monsieur Madeleine, ne bougez pas, et attendez-moi. Il y a du nouveau. Si vous avez faim, il y a là le vin, le pain et le fromage.

Et il sortit de la cahute en disant : On y va ! on y va !

Jean Valjean le vit se hâter à travers le jardin, aussi vite que sa jambe torse le lui permettait, tout en regardant de côté ses melonnières.

Moins de dix minutes après, le père Fauchelevent, dont le grelot mettait sur son passage les religieuses en déroute, frappait un petit coup à une
porte, et une voix douce répondait : *A jamais. A
jamais,* c'est-à-dire : *Entrez.*

Çette porte était celle du parloir réservé au
jardinier pour les besoins du service. Ce parloir
était contigu à la salle du chapitre. La prieure,
assise sur l'unique chaise du parloir, attendait
Fauchelevent.

II

FAUCHELEVENT EN PRÉSENCE DE LA DIFFICULTÉ

Avoir l'air agité et grave, cela est particulier, dans les occasions critiques, à de certains caractères et à de certaines professions, notamment aux prêtres et aux religieux. Au moment où Fauchelevent entra, cette double forme de la préoccupation était empreinte sur la physionomie de la prieure, qui était cette charmante et savante Mlle de Blemeur, mère Innocente, ordinairement gaie.

Le jardinier fit un salut craintif, et resta sur le seuil de la cellule. La prieure, qui égrenait son rosaire, leva les yeux et dit :

— Ah ! c'est vous, père Fauvent.

Cette abréviation avait été adoptée dans le couvent.

Fauchelevent recommença son salut.

— Père Fauvent, je vous ai fait appeler.

— Me voici, révérende mère.

— J'ai à vous parler

— Et moi, de mon côté, dit Fauchelevent avec une hardiesse dont il avait peur intérieurement, j'ai quelque chose à dire à la très-révérende mère.

La prieure le regarda.

— Ah ! vous avez une communication à me faire.

— Une prière.

— Eh bien, parlez.

Le bonhomme Fauchelevent, ex-tabellion, appartenait à la catégorie des paysans qui ont de l'aplomb. Une certaine ignorance habile est une force ; on ne s'en défie pas et cela vous prend. Depuis un peu plus de deux ans qu'il habitait le couvent, Fauchelevent avait réussi dans la communauté. Toujours solitaire, et tout en vaquant à son jardinage, il n'avait guère autre chose à faire que d'être curieux. A distance comme il était de toutes ces femmes voilées allant et venant, il ne voyait guère devant lui qu'une agitation d'ombres. A force d'attention et de pénétration, il était parvenu à remettre de la chair dans tous ces fantômes, et ces mortes vivaient pour lui. Il était comme un sourd dont la vue s'allonge et comme un aveugle dont l'ouïe s'aiguise. Il s'était appliqué à démêler le sens des diverses sonneries, et il y était arrivé, de sorte que ce cloître énigmatique et taciturne n'avait rien de caché pour lui; ce sphinx lui bavardait tous ses secrets à l'oreille. Fauchelevent, sachant tout, cachait tout. C'était là son art. Tout le couvent le croyait stupide. Grand mérite en religion. Les mères vocales faisaient cas de Fauchelevent. C'était un curieux muet. Il inspirait la confiance. En outre, il était régulier, et ne sortait que pour les nécessités démontrées du verger et du potager. Cette discrétion d'allures lui était comptée. Il n'en avait pas moins fait jaser deux hommes : au couvent, le portier, et il savait les particularités du parloir, et, au cimetière, le fossoyeur, et il savait les singula-

rités de la sépulture ; de la sorte, il avait, à l'endroit de ces religieuses, une double lumière, l'une
sur la vie, l'autre sur la mort. Mais il n'abusait de
rien. La congrégation tenait à lui. Vieux, boiteux,
n'y voyant goutte, probablement un peu sourd, que
de qualités! On l'eût difficilement remplacé.

Le bonhomme, avec l'assurance de celui qui se
sent apprécié, entama, vis-à-vis de la révérende
prieure, une harangue campagnarde assez diffuse
et très-profonde. Il parla longuement de son âge,
de ses infirmités, de la surcharge des années comp-
tant double désormais pour lui, des exigences
croissantes du travail, de la grandeur du jardin,
des nuits à passer, comme la dernière, par exemple,
où il avait fallu mettre des paillassons sur les melonnières à cause de la lune, et il finit par aboutir
à ceci : qu'il avait un frère, — (la prieure fit un
mouvement) — un frère point jeune, — (second
mouvement de la prieure, mais mouvement rassuré) — que, si on le voulait bien, ce frère pourrait venir loger avec lui et l'aider, qu'il était excel-
lent jardinier, que la communauté en tirerait de
bons services, meilleurs que les siens à lui; — que,
autrement, si l'on n'admettait point son frère,

comme, lui, l'aîné, il se sentait cassé, et insuffisant à la besogne, il serait, avec bien du regret, obligé de s'en aller ; — et que son frère avait une petite fille qu'il amènerait avec lui, qui s'élèverait en Dieu dans la maison, et qui peut-être, qui sait? ferait une religieuse un jour.

Quand il eut fini de parler, la prieure interrompit le glissement de son rosaire entre ses doigts, et lui dit :

— Pourriez-vous, d'ici à ce soir, vous procurer une forte barre de fer?

— Pourquoi faire?

— Pour servir de levier.

— Oui, révérende mère, répondit Fauchelevent.

La prieure, sans ajouter une parole, se leva, et entra dans la chambre voisine, qui était la salle du chapitre et où les mères vocales étaient probablement assemblées. Fauchelevent demeura seul.

III

MERE INNOCENTE

Un quart d'heure environ s'écoula. La prieure rentra et revint s'asseoir sur la chaise.

Les deux interlocuteurs semblaient préoccupés. Nous sténographions de notre mieux le dialogue qui s'engagea.

— Père Fauvent?

— Révérende mère?

— Vous connaissez la chapelle?

— J'y ai une petite cage pour entendre la messe et les offices.

— Et vous êtes entré dans le chœur pour votre ouvrage?

— Deux ou trois fois.

— Il s'agit de soulever une pierre.

— Lourde?

— La dalle du pavé qui est à côté de l'autel.

— La pierre qui ferme le caveau?

— Oui.

— C'est là une occasion où il serait bon d'être deux hommes.

— La mère Ascension, qui est forte comme un homme, vous aidera.

— Une femme n'est jamais un homme.

— Nous n'avons qu'une femme pour vous aider. Chacun fait ce qu'il peut. Parce que dom Mabillon donne quatre cent dix-sept épîtres de saint Bernard et que Merlonus Horstius n'en donne que trois cent soixante-sept, je ne méprise point Merlonus Horstius.

— Ni moi non plus.

— Le mérite est de travailler selon ses forces. Un cloître n'est pas un chantier.

— Et une femme n'est pas un homme. C'est mon frère qui est fort!

— Et puis vous aurez un levier.

C'est la seule espèce de clef qui aille à ces espèces de portes.

— Il y a un anneau à la pierre.

— J'y passerai le levier.

— Et la pierre est arrangée de façon à pivoter.

— C'est bien, révérende mère. J'ouvrirai le caveau.

— Et les quatre mères chantres vous assisteront.

— Et quand le caveau sera ouvert?

— Il faudra le refermer.

— Sera-ce tout?

— Non.

— Donnez-moi vos ordres, très-révérende mère.

— Fauvent, nous avons confiance en vous.

— Je suis ici pour tout faire.

— Et pour tout taire.

— Oui, révérende mère.

— Quand le caveau sera ouvert...

— Je le refermerai.

— Mais auparavant...

— Quoi, révérende mère?

— Il faudra y descendre quelque chose.

Il y eut un silence. La prieure, après une moue de la lèvre inférieure qui ressemblait à de l'hésitation, le rompit.

— Père Fauvent?

— Révérende mère?

— Vous savez qu'une mère est morte ce matin.

— Non.

— Vous n'avez donc pas entendu la cloche?

— On n'entend rien au fond du jardin.

— En vérité?

— C'est à peine si je distingue ma sonnerie.

— Elle est morte à la pointe du jour.

— Et puis, ce matin, le vent ne portait pas de mon côté.

— C'est la mère Crucifixion. Une bienheureuse.

La prieure se tut, remua un moment les lèvres, comme pour une oraison mentale, et reprit :

— Il y a trois ans, rien que pour avoir vu prier la mère Crucifixion, une janséniste, madame de Béthune, s'est faite orthodoxe.

— Ah oui, j'entends le glas maintenant, révérende mère.

— Les mères l'ont portée dans la chambre des
mortes qui donne dans l'église.

— Je sais.

— Aucun autre homme que vous ne peut et ne
doit entrer dans cette chambre-là. Veillez-y bien.
Il ferait beau voir qu'un homme entrât dans la
chambre des mortes!

— Plus souvent!

— Hein?

— Plus souvent!

— Qu'est-ce que vous dites?

— Je dis plus souvent.

— Plus souvent que quoi?

— Révérende mère, je ne dis pas plus souvent
que quoi, je dis plus souvent.

— Je ne vous comprends pas. Pourquoi dites-
vous plus souvent?

— Pour dire comme vous, révérende mère.

— Mais je n'ai pas dit plus souvent.

— Vous ne l'avez pas dit, mais je l'ai dit pour
dire comme vous.

En ce moment neuf heures sonnèrent.

— A neuf heures du matin et à toute heure loué soit et adoré le très-saint sacrement de l'autel. dit la prieure.

— Amen, dit Fauchelevent.

L'heure sonna à propos. Elle coupa court à Plus Souvent. Il est probable que sans elle la prieure et Fauchelevent ne se fussent jamais tirés de cet écheveau.

Fauchelevent s'essuya le front.

La prieure fit un nouveau petit murmure intérieur probablement sacré, puis haussa la voix.

— De son vivant, mère Crucifixion faisait des conversions ; après sa mort, elle fera des miracles.

— Elle en fera ! répondit Fauchelevent emboîtant le pas, et faisant effort pour ne plus broncher désormais.

— Père Fauvent, la communauté a été bénie en la mère Crucifixion. Sans doute il n'est point donné à tout le monde de mourir comme le cardinal de Bérulle en disant la sainte messe, et d'exhaler son âme vers Dieu en prononçant ces paroles : *Hanc igitur oblationem.* Mais sans atteindre à tant de bonheur, la mère Crucifixion a eu une mort très-précieuse. Elle a eu sa connaissance jusqu'au dernier instant. Elle nous parlait, puis elle parlait aux anges. Elle nous a fait ses derniers commandements. Si vous aviez un peu plus de foi, et si vous aviez pu être dans sa cellule, elle vous aurait guéri votre jambe en y touchant. Elle souriait. On sentait qu'elle ressuscitait en Dieu. Il y a eu du paradis dans cette mort-là.

Fauchelevent crut que c'était une oraison qui finissait.

— Amen, dit-il.

— Père Fauvent, il faut faire ce que veulent les morts.

La prieure dévida quelques grains de son chapelet. Fauchelevent se taisait. Elle poursuivit.

— J'ai consulté sur cette question plusieurs ecclésiastiques travaillant en Notre-Seigneur qui s'occupent dans l'exercice de la vie cléricale et qui font un fruit admirable.

— Révérende mère, on entend bien mieux le glas d'ici que dans le jardin.

— D'ailleurs, c'est plus qu'une morte, c'est une sainte.

— Comme vous, révérende mère.

— Elle couchait dans son cercueil depuis vingt

ans, par permission expresse de notre saint-père
Pie VII.

— Celui qui a couronné l'emp... Buonaparte.

Pour un habile homme comme Fauchelevent,
le souvenir était malencontreux. Heureusement la
prieure, toute à sa pensée, ne l'entendit pas. Elle
continua :

— Père Fauvent?

— Révérende mère?

— Saint Diodore, archevêque de Cappadoce,
voulut qu'on écrivît sur sa sépulture ce seul mot :
Acarus, qui signifie ver de terre; cela fut fait.
Est-ce vrai?

— Oui, révérende mère.

— Le bienheureux Mezzocane, abbé d'Aquila,
voulut être inhumé sous la potence; cela fut fait.

— C'est vrai.

— Saint Térence, évêque de Port sur l'embou-
chure du Tibre dans la mer, demanda qu'on gra-
vât sur sa pierre le signe qu'on mettait sur la fosse
des parricides, dans l'espoir que les passants cra-
cheraient sur son tombeau. Cela fut fait. Il faut
obéir aux morts.

— Ainsi soit-il.

— Le corps de Bernard Guidonis, né en France près de Roche-Abeille, fut, comme il l'avait ordonné et malgré le roi de Castille, porté en l'église des Dominicains de Limoges, quoique Bernard Guidonis fût évêque de Tuy en Espagne. Peut-on dire le contraire?

— Pour ça non, révérende mère.

— Le fait est attesté par Plantavit de la Fosse.

Quelques grains du chapelet s'égrenèrent encore silencieusement. La prieure reprit :

— Père Fauvent, la mère Crucifixion sera ensevelie dans le cercueil où elle a couché depuis vingt ans.

— C'est juste.

— C'est une continuation de sommeil.

— J'aurai donc à la clouer dans ce cercueil-là?

— Oui.

— Et nous laisserons de côté la bière des pompes?

— Précisément.

— Je suis aux ordres de la très-révérende communauté.

— Les quatre mères chantres vous aideront.

— A clouer le cercueil? Je n'ai pas besoin d'elles.

— Non. A le descendre.

— Où?

— Dans le caveau.

— Quel caveau?

— Sous l'autel.

Fauchelevent fit un soubresaut.

— Le caveau sous l'autel!

— Sous l'autel.

— Mais...

Vous aurez une barre de fer.

— Oui, mais...

— Vous lèverez la pierre avec la barre au moyen de l'anneau.

— Mais...

– Il faut obéir aux morts. Être enterrée dans le caveau sous l'autel de la chapelle, ne point aller en sol profane, rester morte là où elle a prié vivante; ç'a été le vœu suprême de la mère Crucifixion. Elle nous l'a demandé, c'est-à-dire commandé.

— Mais c'est défendu.

— Défendu par les hommes, ordonné par Dieu.

— Si cela venait à se savoir?

— Nous avons confiance en vous.

— Oh, moi, je suis une pierre de votre mur.

— Le chapitre s'est assemblé. Les mères vocales, que je viens de consulter encore et qui sont en délibération, ont décidé que la mère Crucifixion serait, selon son vœu, enterrée dans son cercueil sous notre autel. Jugez, père Fauvent, s'il allait se faire des miracles ici! quelle gloire en Dieu pour la communauté! Les miracles sortent des tombeaux.

— Mais, révérende mère, si l'agent de la commission de salubrité...

— Saint Benoît II, en matière de sépulture, a résisté à Constantin Pogonat.

— Pourtant le commissaire de police...

— Chonodemaire, un des sept rois allemands qui entrèrent dans les Gaules sous l'empire de Constance, a reconnu expressément le droit des religieux d'être inhumés en religion, c'est-à-dire sous l'autel.

— Mais l'inspecteur de la préfecture...

— Le monde n'est rien devant la croix. Martin, onzième général des Chartreux, a donné cette devise à son ordre : *Stat crux dum volvitur orbis.*

— Amen, dit Fauchelevent, imperturbable dans

cette façon de se tirer d'affaire toutes les fois qu'il entendait du latin.

Un auditoire quelconque suffit à qui s'est tu trop longtemps. Le jour où le rhéteur Gymnastoras sortit de prison, ayant dans le corps beaucoup de dilemmes et de syllogismes rentrés, il s'arrêta devant le premier arbre qu'il rencontra, le harangua, et fit de très-grands efforts pour le convaincre. La prieure, habituellement sujette au barrage du silence et ayant du trop-plein dans son réservoir, se leva et s'écria avec une loquacité d'écluse lâchée :

— J'ai à ma droite Benoît et à ma gauche Bernard. Qu'est-ce que Bernard? c'est le premier abbé de Clairvaux. Fontaines en Bourgogne est un pays béni pour l'avoir vu naître. Son père s'appelait Técelin et sa mère Alèthe. Il a commencé par Cîteaux pour aboutir à Clairvaux; il a été ordonné abbé par l'évêque de Châlon-sur-Saône, Guillaume de Champeaux; il a eu sept cents novices et fondé cent soixante monastères; il a terrassé Abeilard au concile de Sens en 1140, et Pierre de Bruys et Henry son disciple, et une autre sorte de dévoyés qu'on nommait les Apostoliques; il a confondu Arnauld de Bresce, foudroyé le moine Raoul, le

tueur de juifs, dominé en 1148 le concile de
Reims, fait condamner Gilbert de la Porée, évè-
que de Poitiers, fait condamner Éon de l'Étoile,
arrangé les différends des princes, éclairé le roi
Louis le Jeune, conseillé le pape Eugène III, réglé
le Temple, prêché la Croisade, fait deux cent cinquante miracles dans sa vie, et jusqu'à trente-neuf
en un jour. Qu'est-ce que Benoît? c'est le patriar-
che de Mont-Cassin ; c'est le deuxième fondateur
de la Sainteté Claustrale, c'est le Basile de l'occident. Son ordre a produit quarante papes, deux
cents cardinaux, cinquante patriarches, seize cents
archevêques, quatre mille six cents évêques, quatre
empereurs, douze impératrices, quarante-six rois,
quarante et une reines, trois mille six cents saints
canonisés, et subsiste depuis quatorze cents ans.
D'un côté saint Bernard; de l'autre l'agent de la
salubrité! D'un côté saint Benoît; de l'autre l'inspecteur de la voirie! L'État, la voirie, les pompes
funèbres, les règlements, l'administration, est-ce
que nous connaissons cela? Aucuns passants seraient indignés de voir comme on nous traite. Nous
n'avons même pas le droit de donner notre poussière à Jésus-Christ! Votre salubrité est une inven-

tion révolutionnaire. Dieu subordonné au commissaire de police ; tel est le siècle. Silence, Fauvent !

Fauchelevent, sous cette douche, n'était pas fort
à son aise. La prieure continua.

— Le droit du monastère à la sépulture ne fait
doute pour personne. Il n'y a pour le nier que les
fanatiques et les errants. Nous vivons dans des
temps de confusion terrible. On ignore ce qu'il faut
savoir, et l'on sait ce qu'il faut ignorer. On est
crasse et impie. Il y a dans cette époque des gens
qui ne distinguent pas entre le grandissime saint
Bernard et le Bernard dit des Pauvres Catholiques,
certain bon ecclésiastique qui vivait dans le treizième siècle. D'autres blasphèment jusqu'à rapprocher l'échafaud de Louis XVI de la croix de Jésus-
Christ. Louis XVI n'était qu'un roi. Prenons donc
garde à Dieu ! Il n'y a plus ni juste ni injuste. On
sait le nom de Voltaire et l'on ne sait pas le nom de
César de Bus. Pourtant César de Bus est un bienheureux et Voltaire est un malheureux. Le dernier
archevêque, le cardinal de Périgord, ne savait même
pas que Charles de Gondren a succédé à Bérulle,
et François Bourgoin à Gondren, et Jean François
Senault à Bourgoin, et le père de Sainte-Marthe à

Jean François Senault. On connaît le nom du père
Coton, non parce qu'il a été un des trois qui ont
poussé à la fondation de l'Oratoire, mais parce
qu'il a été matière à juron pour le roi huguenot
Henri IV. Ce qui fait saint François de Sales ai-
mable aux gens du monde, c'est qu'il trichait au
jeu. Et puis on attaque la religion. Pourquoi? Parce
qu'il y a eu de mauvais prêtres, parce que Sagit-
taire, évêque de Gap, était frère de Salone, évêque
d'Embrun, et que tous les deux ont suivi Mommol.
Qu'est-ce que cela fait? cela empêche-t-il Martin
de Tours d'être un saint et d'avoir donné la moitié
de son manteau à un pauvre? On persécute les
saints. On ferme les yeux aux vérités. Les ténèbres
sont l'habitude. Les plus féroces bêtes sont les
bêtes aveugles. Personne ne pense à l'enfer pour
de bon. Oh! le méchant peuple! De par le roi
signifie aujourd'hui de par la révolution. On ne
sait plus ce qu'on doit, ni aux vivants, ni aux morts.
Il est défendu de mourir saintement. Le sépulcre
est une affaire civile. Ceci fait horreur. Saint Léon II
a écrit deux lettres exprès, l'une à Pierre Notaire,
l'autre au roi des Visigoths, pour combattre et rejeter, dans les questions qui touchent aux morts,

l'autorité de l'exarque et la suprématie de l'empereur. Gauthier, évêque de Châlons, tenait tête en cette matière à Othon, duc de Bourgogne. L'ancienne magistrature en tombait d'accord. Autrefois nous avions voix au chapitre même dans les choses du siècle. L'abbé de Cîteaux, général de l'ordre, était conseiller-né au parlement de Bourgogne. Nous faisons de nos morts ce que nous voulons. Est-ce que le corps de saint Benoît lui-même n'est pas en France dans l'abbaye de Fleury, dite Saint-Benoît-sur-Loire, quoiqu'il soit mort en Italie au Mont-Cassin, un samedi 21 du mois de mars de l'an 543 ? Tout ceci est incontestable. J'abhorre les psallants, je hais les prieurs, j'exècre les hérétiques, mais je détesterais plus encore quiconque me soutiendrait le contraire. On n'a qu'à lire Arnoul Wion, Gabriel Bucelin, Trithème, Maurolicus et dom Luc d'Achery.

La prieure respira, puis se tourna vers Fauchelevent :

— Père Fauvent, est-ce dit ?

— C'est dit, révérende mère.

— Peut-on compter sur vous ?

— J'obéirai.

— C'est bien.

— Je suis tout dévoué au couvent.

— C'est entendu. Vous fermerez le cercueil. Les sœurs le porteront dans la chapelle. On dira l'office des morts. Puis on rentrera dans le cloître. Entre onze heures et minuit, vous viendrez avec votre barre de fer. Tout se passera dans le plus grand secret. Il n'y aura dans la chapelle que les quatre mères chantres, la mère Ascension, et vous.

— Et la sœur qui sera au poteau.

— Elle ne se retournera pas.

— Mais elle entendra.

— Elle n'écoutera pas. D'ailleurs, ce que le cloître sait, le monde l'ignore.

Il y eut encore une pause. La prieure poursuivit :

. — Vous ôterez votre grelot. Il est inutile que la sœur au poteau s'aperçoive que vous êtes là.

— Révérende mère ?

— Quoi, père Fauvent ?

— Le médecin des morts a-t-il fait sa visite ?

— Il va la faire aujourd'hui à quatre heures. On a sonné la sonnerie qui fait venir le médecin des morts. Mais vous n'entendez donc aucune sonnerie ?

— Je ne fais attention qu'à la mienne.

— Cela est bien, père Fauvent.

— Révérende mère, il faudra un levier d'au moins six pieds.

— Où le prendrez-vous?

— Où il ne manque pas de grilles il ne manque pas de barres de fer. J'ai mon tas de ferrailles au fond du jardin.

— Trois quarts d'heure environ avant minuit, n'oubliez pas.

— Révérende mère?

— Quoi?

— Si jamais vous aviez d'autres ouvrages comme ça, c'est mon frère qui est fort. Un turc!

— Vous ferez le plus vite possible.

— Je ne vais pas hardi vite. Je suis infirme; c'est pour cela qu'il me faudrait un aide. Je boite.

— Boiter n'est pas pas un tort, et peut être une bénédiction. L'empereur Henri II, qui combattit l'antipape Grégoire et rétablit Benoît VIII, a deux surnoms: le Saint et le Boiteux.

— C'est bien bon deux surtouts, murmura Fauchelevent, qui, en réalité, avait l'oreille un peu dure.

— Père Fauvent, j'y pense, prenons une heure entière. Ce n'est pas trop. Soyez près du maître-

autel avec votre barre de fer à onze heures. L'office
commence à minuit. Il faut que tout soit fini un
bon quart d'heure auparavant.

— Je ferai tout pour prouver mon zèle à la communauté. Voilà qui est dit. Je clouerai le cercueil.
A onze heures précises je serai dans la chapelle.
Les mères chantres y seront, la mère Ascension y
sera. Deux hommes, cela vaudrait mieux. Enfin
n'importe ! j'aurai mon levier. Nous ouvrirons le
caveau, nous descendrons le cercueil, et nous refer-
merons le caveau. Après quoi, plus trace de rien.
Le gouvernement ne s'en doutera pas. Révérende
mère, tout est arrangé ainsi ?

Non.

— Qu'y a-t-il donc encore ?

— Il reste la bière vide.

Ceci fit un temps d'arrêt. Fauchelevent songeait.
La prieure songeait.

— Père Fauvent, que fera-t-on de la bière ?

— On la portera en terre.

— Vide ?

Autre silence. Fauchelevent fit de la main gauche
cette espèce de geste qui donne congé à une question inquiétante.

Révérende mère, c'est moi qui cloue la bière dans la chambie basse de l'église, et personne n'y peut entrer que moi, et je couvrirai la bière du drap mortuaire.

— Oui, mais les porteurs, en la mettant dans le corbillard et en la descendant dans la fosse, sentiront bien qu'il n'y a rien dedans.

— Ah! di....! s'écria Fauchelevent.

La prieure commença un signe de croix, et regarda fixement le jardinier. *Able* lui resta dans le gosier.

Il se hâta d'improviser un expédient pour faire oublier le juron.

— Révérende mère, je mettrai de la terre dans la bière. Cela fera l'effet de quelqu'un.

— Vous avez raison. La terre, c'est la même chose que l'homme. Ainsi vous arrangerez la bière vide?

— J'en fais mon affaire.

Le visage de la prieure, jusqu'alors trouble et obscur, se rasséréna. Elle lui fit le signe du supérieur congédiant l'inférieur. Fauchelevent se dirigea vers la porte. Comme il allait sortir, la prieure éleva doucement la voix :

— Père Fauvent, je suis contente de vous ; demain, après l'enterrement, amenez-moi votre frère,
et dites-lui qu'il m'amène sa fille.

IV

OU JEAN VALJEAN A TOUT A FAIT L'AIR D'AVOIR
LU AUSTIN CASTILLEJO .

Des enjambées de boiteux sont comme des œil-
lades de borgne ; elles n'arrivent pas vite au but.
En outre, Fauchelevent était perplexe. Il mit près
d'un quart d'heure à revenir dans la baraque du
jardin. Cosette était éveillée. Jean Valjean l'avait
assise près du feu. Au moment où Fauchelevent

entra, Jean Valjean lui montrait la hotte du jardinier accrochée au mur et lui disait :

— Écoute-moi bien, ma petite Cosette. Il faudra nous en aller de cette maison, mais nous y reviendrons et nous y serons très-bien. Le bonhomme d'ici t'emportera sur son dos là dedans. Tu m'attendras chez une dame. J'irai te retrouver. Surtout, si tu ne veux pas que la Thénardier te reprenne, obéis et ne dis rien !

Cosette fit un signe de tête d'un air grave.

Au bruit de Fauchelevent poussant la porte, Jean Valjean se retourna.

— Eh bien ?

— Tout est arrangé et rien ne l'est, dit Fauchelevent. J'ai permission de vous faire entrer ; mais avant de vous faire entrer, il faut vous faire sortir. C'est là qu'est l'embarras de charrettes. Pour la petite, c'est aisé.

— Vous l'emporterez ?

— Et elle se taira ?

— J'en réponds.

— Mais vous, père Madeleine ?

Et, après un silence où il y avait de l'anxiété, Fauchelevent s'écria :

— Mais sortez donc par où vous êtes entré !

Jean Valjean, comme la première fois, se borna à répondre : — Impossible.

Fauchelevent, se parlant plus à lui-même qu'à Jean Valjean, grommela :

— Il y a une autre chose qui me tourmente. J'ai dit que j'y mettrais de la terre. C'est que je pense que de la terre là dedans, au lieu d'un corps, ça ne sera pas ressemblant, ça n'ira pas, ça se déplacera, ça remuera. Les hommes le sentiront. Vous comprenez, père Madeleine, le gouvernement s'en apercevra.

Jean Valjean le considéra entre les deux yeux, et crut qu'il délirait.

Fauchelevent reprit :

— Comment di... — antre allez-vous sortir ? C'est qu'il faut que tout cela soit fait demain ! C'est demain que je vous amène. La prieure vous attend.

Alors il expliqua à Jean Valjean que c'était une récompense pour un service que lui, Fauchelevent, rendait à la communauté. Qu'il entrait dans ses attributions de participer aux sépultures, qu'il clouait les bières et assistait le fossoyeur au cimetière. Que la religieuse morte le matin avait demandé d'être ensevelie dans le cercueil qui lui servait de lit et enterrée dans le caveau sous l'autel de la chapelle. Que cela était défendu par les règlements de police, mais que c'était une de ces mortes à qui l'on ne refuse rien. Que la prieure et les mères vocales entendaient exécuter le vœu de la défunte. Que tant pis pour le gouvernement. Que lui Fauchelevent clouerait le cercueil dans la cellule, lèverait la pierre dans la chapelle, et descendrait la morte dans le caveau. Et que, pour le remercier, la prieure admettait dans la maison son frère comme jardinier et sa nièce comme pensionnaire. Que son frère, c'était M. Madeleine, et que sa nièce c'était Cosette. Que la prieure lui avait dit d'amener son frère le lendemain soir, après l'enterrement postiche au cimetière. Mais qu'il ne pouvait pas amener du dehors M. Madeleine, si M. Madeleine n'était pas dehors. Que c'était là le premier embarras. Et puis qu'il avait encore un embarras : la bière vide.

— Qu'est-ce que c'est que la bière vide? demanda Jean Valjean.

Fauchelevent répondit :

— La bière de l'administration.

— Quelle bière? et quelle administration?

— Une religieuse meurt. Le médecin de la municipalité vient et dit : il y a une religieuse morte. Le gouvernement envoie une bière. Le lendemain il envoie un corbillard et des croque-morts pour reprendre la bière et la porter au cimetière. Les croque-morts viendront et soulèveront la bière; il n'y aura rien dedans.

— Mettez-y quelque chose.

— Un mort? je n'en ai pas.

— Non.

— Quoi donc?

— Un vivant.

— Quel vivant?

— Moi, dit Jean Valjean.

Fauchelevent, qui s'était assis, se leva comme si un pétard fût parti sous sa chaise.

— Vous!

— Pourquoi pas?

Jean Valjean eut un de ces rares sourires qui lui venaient comme une lueur dans un ciel d'hiver.

— Vous savez, Fauchelevent, que vous avez dit : la mère Crucifixion est morte, et que j'ai ajouté : et le père Madeleine est enterré. Ce sera cela.

— Ah, bon, vous riez, vous ne parlez pas sérieusement.

— Très-sérieusement. Il faut sortir d'ici ?

— Sans doute.

— Je vous ai dit de me trouver pour moi aussi une hotte et une bâche.

— Eh bien !

— La hotte sera en sapin, et la bâche sera un drap noir.

— D'abord, un drap blanc. On enterre les religieuses en blanc.

— Va pour le drap blanc.

— Vous n'êtes pas un homme comme les autres, père Madeleine.

Voir de telles imaginations, qui ne sont pas autre chose que les sauvages et téméraires inventions du bagne, sortir des choses paisibles qui l'entouraient et se mêler à ce qu'il appelait le « petit train-train du couvent, » c'était pour Fauchelevent une stupeur comparable à celle d'un passant qui verrait un goéland pêcher dans le ruisseau de la rue Saint-Denis.

Jean Valjean poursuivit :

— Il s'agit de sortir d'ici sans être vu. C'est un moyen. Mais d'abord renseignez-moi. Comment cela se passe-t-il? où est cette bière?

— Celle qui est vide?

— Oui.

— En bas, dans ce qu'on appelle la salle des mortes. Elle est sur deux tréteaux et sous le drap mortuaire.

— Quelle est la longueur de la bière?

— Six pieds.

— Qu'est-ce que c'est que la salle des mortes?

— C'est une chambre du rez-de-chaussée qui a une fenêtre grillée sur le jardin qu'on ferme du dehors avec un volet, et deux portes; l'une qui va au couvent, l'autre qui va à l'église.

— Quelle église?

— L'église de la rue, l'église de tout le monde.

— Avez-vous les clefs de ces deux portes?

— Non. J'ai la clef de la porte qui communique au couvent; le concierge a la clef de la porte qui communique à l'église.

— Quand le concierge ouvre-t-il cette porte-là?

— Uniquement pour laisser entrer les croque-morts qui viennent chercher la bière. La bière sortie. la porte se referme.

— Qui est-ce qui cloue la bière?

— C'est moi.

— Qui est-ce qui met le drap dessus?

— C'est moi.

— Êtes-vous seul?

— Pas un autre homme, excepté le médecin de la police, ne peut entrer dans la salle des mortes. C'est même écrit sur le mur.

— Pourriez-vous, cette nuit, quand tout dormira dans le couvent, me cacher dans cette salle?

— Non. Mais je puis vous cacher dans un petit réduit noir qui donne dans la salle des mortes, où je mets mes outils d'enterrement, et dont j'ai la garde et la clef.

— A quelle heure le corbillard viendra-t-il chercher la bière demain?

— Vers trois heures du soir. L'enterrement se fait au cimetière Vaugirard, un peu avant la nuit. Ce n'est pas tout près.

— Je resterai caché dans votre réduit à outils toute la nuit et toute la matinée. Et à manger? J'aurai faim.

— Je vous porterai de quoi.

— Vous pourriez venir me clouer dans la bière à deux heures.

Fauchelevent recula et se fit craquer les os des doigts.

— Mais c'est impossible !

— Bah ! prendre un marteau et clouer des clous dans une planche ?

Ce qui semblait inouï à Fauchelevent était, nous le répétons, simple pour Jean Valjean. Jean Valjean avait traversé de pires détroits. Quiconque a été prisonnier sait l'art de se rapetisser selon le diamètre des évasions. Le prisonnier est sujet à la fuite comme le malade à la crise qui le sauve ou qui le perd. Une évasion, c'est une guérison. Que n'accepte-t-on pas pour guérir ? Se faire clouer et emporter dans une caisse comme un colis, vivre longtemps dans une boîte, trouver de l'air où il n'y en a pas, économiser sa respiration des heures entières, savoir étouffer sans mourir, c'était là un des sombres talents de Jean Valjean.

Du reste, une bière dans laquelle il y a un être vivant, cet expédient de forçat, est aussi un expédient d'empereur. S'il faut en croire le moine Aus-

tin Castillejo, ce fut le moyen que Charles-Quint,
voulant après son abdication revoir une dernière
fois la Plombes, employa pour la faire entrer dans
le monastère de Saint-Yuste et pour l'en faire
sortir.

Fauchelevent, un peu revenu à lui, s'écria :

— Mais comment ferez-vous pour respirer?

— Je respirerai.

— Dans cette boîte ! Moi, seulement d'y penser,
je suffoque.

— Vous avez bien une vrille, vous ferez quelques petits trous autour de la bouche çà et là, et
vous clouerez sans serrer la planche de dessus.

— Bon ! et s'il vous arrive de tousser ou d'éter-
nuer?

— Celui qui s'évade ne tousse pas et n'éternue
pas.

Et Jean Valjean ajouta :

— Père Fauchelevent, il faut se décider : ou
être pris ici, ou accepter la sortie par le corbillard.

Tout le monde a remarqué le goût qu'ont les
chats de s'arrêter et de flâner entre les deux bat-
tants d'une porte entre-bâillée. Qui n'a dit à un
chat : Mais entre donc ! Il y a des hommes qui,

dans un incident entr'ouvert devant eux, ont ainsi
une tendance à rester indécis entre deux résolu-
tions, au risque de se faire écraser par le destin
fermant brusquement l'aventure. Les trop pru-
dents, tout chats qu'ils sont, et parce qu'ils sont
chats, courent quelquefois plus de danger que les
audacieux. Fauchelevent était de cette nature hési-
tante. Pourtant le sang-froid de Jean Valjean le ga-
gnait malgré lui. Il grommela :

— Au fait, c'est qu'il n'y a pas d'autre moyen.

Jean Valjean reprit :

— La seule chose qui m'inquiète, c'est ce qui se
passera au cimetière.

— C'est justement cela qui ne m'embarrasse
pas, s'écria Fauchelevent. Si vous êtes sûr de vous
tirer de la bière, moi je suis sûr de vous tirer de la
fosse. Le fossoyeur est un ivrogne de mes amis.
C'est le père Mestienne. Un vieux de la vieille
vigne. Le fossoyeur met les morts dans la fosse,
et moi je mets le fossoyeur dans ma poche. Ce
qui se passera je vais vous le dire. On arrivera un
peu avant la brune, trois quarts d'heure avant la
fermeture des grilles du cimetière. Le corbillard
roulera jusqu'à la fosse. Je suivrai ; c'est ma be-

sogne. J'aurai un marteau, un ciseau et des tenailles dans ma poche. Le corbillard s'arrête, les
croque-morts vous nouent une corde autour de
votre bière et vous descendent. Le prêtre dit les
prières, fait le signe de croix, jette l'eau bénite et
file. Je reste seul avec le père Mestienne. C'est
mon ami, je vous dis. De deux choses l'une, ou il
sera soûl, ou il ne sera pas soûl. S'il n'est pas
soûl, je lui dis : viens boire un coup pendant que
le *Bon Coing* est encore ouvert. Je l'emmène, je le
grise, le père Mestienne n'est pas long à griser, il
est toujours commencé, je te le couche sous la
table, je lui prends sa carte pour rentrer au cimetière, et je reviens sans lui. Vous n'avez plus affaire qu'à moi. S'il est soûl, je lui dis : va-t'en. Je
vais faire ta besogne. Il s'en va et je vous tire du
trou.

Jean Valjean lui tendit sa main sur laquelle Fauchelevent se précipita avec une touchante effusion
paysanne.

— C'est convenu, père Fauchelevent. Tout ira
bien.

— Pourvu que rien ne se dérange, pensa Fauchelevent. Si cela allait devenir terrible !

V

IL NE SUFFIT PAS D'ÊTRE IVROGNE POUR ÊTRE
IMMORTEL

Le lendemain, comme le soleil déclinait, les al-
lants et venants fort clair-semés du boulevard du
Maine ôtaient leur chapeau au passage d'un corbillard vieux modèle, orné de têtes de mort, de tibias
et de larmes. Dans ce corbillard il y avait un cercueil couvert d'un drap blanc sur lequel s'étalait
une vaste croix noire, pareille à une grande morte

dont les bras pendent. Un carrosse drapé, où l'on apercevait un prêtre en surplis et un enfant de chœur en calotte rouge, suivait. Deux croque-morts en uniforme gris à parements noirs marchaient à droite et à gauche du corbillard. Derrière venait un vieux homme en habits d'ouvrier, qui boitait. Le cortége se dirigeait vers le cimetière Vaugirard.

On voyait passer de la poche de l'homme le manche d'un marteau, la lame d'un ciseau à froid et la double antenne d'une paire de tenailles.

Le cimetière Vaugirard faisait exception parmi les cimetières de Paris. Il avait ses usages particuliers, de même qu'il avait sa porte cochère et sa porte bâtarde que, dans le quartier, les vieilles gens, tenaces aux vieux mots, appelaient la porte cavalière et la porte piétonne. Les bernardines-bénédictines du Petit-Picpus avaient obtenu, nous l'avons dit, d'y être enterrées dans un coin à part et le soir, ce terrain ayant jadis appartenu à leur communauté. Les fossoyeurs, ayant de cette façon dans le cimetière un service du soir l'été et de nuit l'hiver, y étaient astreints à une discipline particulière. Les portes des cimetières de Paris se fermaient à cette époque au coucher du soleil, et, ceci

étant une mesure d'ordre municipal, le cimetière
Vaugirard y était soumis comme les autres. La
porte cavalière et la porte piétonne étaient deux
grilles contiguës, accostées d'un pavillon bâti par
l'architecte Perronnet et habité par le portier du
cimetière. Ces grilles tournaient donc inexorablement sur leurs gonds à l'instant où le soleil disparaissait derrière le dôme des Invalides. Si quelque
fossoyeur, à ce moment-là, était attardé dans le cimetière, il n'avait qu'une ressource pour sortir, sa
carte de fossoyeur délivrée par l'administration des
pompes funèbres. Une espèce de boîte aux lettres
était pratiquée dans le volet de la fenêtre du concierge. Le fossoyeur jetait sa carte dans cette boîte,
le concierge l'entendait tomber, tirait le cordon,
et la porte piétonne s'ouvrait. Si le fossoyeur
n'avait pas sa carte, il se nommait, le concierge,
parfois couché et endormi, se levait, allait reconnaître le fossoyeur, et ouvrait la porte avec la clef;
le fossoyeur sortait, mais payait quinze francs
d'amende.

Ce cimetière, avec ses originalités en dehors de
la règle, gênait la symétrie administrative. On l'a
supprimé peu après 1830. Le cimetière Mont-Par-

nasse, dit cimetière de l'Est, lui a succédé, et a
hérité de ce fameux cabaret mitoyen au cimetière
Vaugirard qui était surmonté d'un coing peint sur
une planche, et qui faisait angle, d'un côté sur les
tables des buveurs, de l'autre sur les tombeaux,
avec cette enseigne : *Au Bon Coing*.

Le cimetière Vaugirard était ce qu'on pourrait
appeler un cimetière fané. Il tombait en désuétude.
La moisissure l'envahissait, les fleurs le quittaient.
Les bourgeois se souciaient peu d'être enterrés à
Vaugirard ; cela sentait le pauvre. Le Père-
Lachaise, à la bonne heure ! être enterré au Père-
Lachaise, c'est comme avoir des meubles en acajou.
L'élégance se reconnaît là. Le cimetière Vaugirard
était un enclos vénérable, planté en ancien jardin
français. Des allées droites, des buis, des thuias,
des houx, de vieilles tombes sous de vieux ifs,
l'herbe très-haute. Le soir y était tragique. Il y
avait là des lignes très-lugubres.

Le soleil n'était pas encore couché quand le corbillard au drap blanc et à la croix noire entra dans
l'avenue du cimetière Vaugirard. L'homme boiteux
qui le suivait n'était autre que Fauchelevent.

L'enterrement de la mère Crucifixion dans le

caveau sous l'autel, la sortie de Cosette, l'introduction de Jean Valjean dans la salle des mortes,
tout s'était exécuté sans encombre, et rien n'avait
accroché.

Disons-le en passant, l'inhumation de la mère
Crucifixion sous l'autel du couvent est pour nous
chose parfaitement vénielle. C'est une de ces fautes
qui ressemblent à un devoir. Les religieuses
l'avaient accomplie, non-seulement sans trouble,
mais avec l'applaudissement de leur conscience.
Au cloître, ce qu'on appelle le « gouvernement »
n'est qu'une immixtion dans l'autorité, immixtion
toujours discutable. D'abord la règle ; quant au
Code, on verra. Hommes, faites des lois tant qu'il
vous plaira, mais gardez-les pour vous. Le péage
à César n'est jamais que le reste du péage à Dieu.
Un prince n'est rien près d'un principe.

Fauchelevent boitait derrière le corbillard, très-
content. Ses deux complots jumeaux, l'un avec les
religieuses, l'autre avec M. Madeleine, l'un pour
le couvent, l'autre contre, avaient réussi de front.
Le calme de Jean Valjean était de ces tranquillités
puissantes qui se communiquent. Fauchelevent ne
doutait plus du succès. Ce qui restait à faire n'était

rien. Depuis deux ans, il avait grisé dix fois le
fossoyeur, le brave père Mestienne, un bonhomme
joufflu. Il en jouait, du père Mestienne. Il en faisait
ce qu'il voulait. Il le coiffait de sa volonté et de sa
fantaisie. La tête de Mestienne s'ajustait au bonnet
de Fauchelevent. La sécurité de Fauchelevent était
complète.

Au moment où le convoi entra dans l'avenue
menant au cimetière, Fauchelevent, heureux, regarda le corbillard et se frotta ses grosses mains
en disant à demi-voix :

— En voilà une farce !

Tout à coup le corbillard s'arrêta; on était à
la grille. Il fallait exhiber le permis d'inhumer.
L'homme des pompes funèbres s'aboucha avec
le portier du cimetière. Pendant ce colloque, qui
produit toujours un temps d'arrêt d'une ou deux
minutes, quelqu'un, un inconnu, vint se placer derrière le corbillard à côté de Fauchelevent. C'était
une espèce d'ouvrier qui avait une veste aux larges
poches, et une pioche sous le bras.

Fauchelevent regarda cet inconnu.

— Qui êtes-vous? demanda-t-il ?

L'homme répondit :

— Le fossoyeur.

Si l'on survivait à un boulet de canon en pleine poitrine, on ferait la figure que fit Fauchelevent.

— Le fossoyeur !

— Oui.

— Vous !

— Moi.

— Le fossoyeur, c'est le père Mestienne.

— C'était.

— Comment ! c'était ?

— Il est mort.

Fauchelevent s'était attendu à tout, excepté à ceci, qu'un fossoyeur pût mourir. C'est pourtant vrai ; les fossoyeurs eux-mêmes meurent. A force de creuser la fosse des autres, on ouvre la sienne.

Fauchelevent demeura béant. Il eut à peine la force de bégayer :

— Mais ce n'est pas possible !

— Cela est.

— Mais, reprit-il faiblement, le fossoyeur, c'est le père Mestienne.

— Après Napoléon, Louis XVIII. Après Mestienne, Gribier. Paysan, je m'appelle Gribier.

Fauchelevent, tout pâle, considéra ce Gribier.

C'était un homme long, maigre, livide, parfaitement funèbre. Il avait l'air d'un médecin manqué tourné fossoyeur.

Fauchelevent éclata de rire.

— Ah! comme il arrive de drôles de choses! le père Mestienne est mort. Le petit père Mestienne est mort, mais vive le petit père Lenoir! Vous savez ce que c'est que le petit père Lenoir? C'est le cruchon du rouge à six sur le plomb. C'est le cruchon du Surêne, morbigou! du vrai Surêne de Paris! Ah! il est mort, le vieux Mestienne! J'en suis· fâché; c'était un bon vivant. Mais vous aussi, vous êtes un bon vivant. Pas vrai, camarade? nous allons aller boire ensemble un coup, tout à l'heure.

L'homme répondit : — J'ai étudié. J'ai fait ma quatrième. Je ne bois jamais.

Le corbillard s'était remis en marche et roulait dans la grande allée du cimetière.

Fauchelevent avait ralenti son pas. Il boitait plus encore d'anxiété que d'infirmité.

Le fossoyeur marchait devant lui.

Fauchelevent passa encore une fois l'examen du Gribier inattendu.

C'était un de ces hommes qui, jeunes, ont l'air vieux et qui, maigres, sont très-forts.

— Camarade! cria Fauchelevent.

L'homme se retourna.

— Je suis le fossoyeur du couvent.

— Mon collègue, dit l'homme.

Fauchelevent, illettré, mais très-fin, comprit qu'il avait affaire à une espèce redoutable, à un beau parleur.

Il grommela .

— Comme ça, le père Mestienne est mort.

L'homme répondit :

— Complétement. Le bon Dieu a consulté son carnet d'échéances. C'était le tour du père Mestienne. Le père Mestienne est mort.

Fauchelevent répéta machinalement :

— Le bon Dieu...

— Le bon Dieu, fit l'homme avec autorité. Pour les philosophes, le Père éternel; pour les jacobins, l'Être suprême.

— Est-ce que nous ne ferons pas connaissance? balbutia Fauchelevent.

— Elle est faite. Vous êtes paysan, je suis parisien.

— On ne se connaît pas tant qu'on n'a pas
bu ensemble. Qui vide son verre vide son cœur.
Vous allez venir boire avec moi. Ça ne se refuse
pas.

— D'abord la besogne.

Fauchelevent pensa : je suis perdu.

On n'était plus qu'à quelques tours de roue
de la petite allée qui menait au coin des religieuses.

Le fossoyeur reprit :

— Paysan, j'ai sept mioches qu'il faut nourrir.
Comme il faut qu'ils mangent, il ne faut pas que je
boive.

Et il ajouta avec la satisfaction d'un être sérieux
qui fait une phrase :

— Leur faim est ennemie de ma soif.

Le corbillard tourna un massif de cyprès, quitta
la grande allée, en prit une petite, entra dans les
terres et s'enfonça dans un fourré. Ceci indiquait
la proximité immédiate de la sépulture. Fauchelevent ralentissait son pas, mais ne pouvait ralentir
le corbillard. Heureusement la terre meuble, et
mouillée par les pluies d'hiver, engluait les roues
et alourdissait la marche.

Il se rapprocha du fossoyeur.

— Il y a un si bon petit vin d'Argenteuil, murmura Fauchelevent.

— Villageois, reprit l'homme, cela ne devrait pas être que je sois fossoyeur. Mon père était portier au Prytanée. Il me destinait à la littérature. Mais il a eu des malheurs. Il a fait des pertes à la Bourse. J'ai dû renoncer à l'état d'auteur. Pourtant je suis encore écrivain public.

— Mais vous n'êtes donc pas fossoyeur? repartit Fauchelevent, se raccrochant à cette branche, bien faible.

— L'un n'empêche pas l'autre. Je cumule.

Fauchelevent ne comprit pas ce dernier mot.

— Venons boire, dit-il.

Ici une observation est nécessaire. Fauchelevent, quelle que fût son angoisse, offrait à boire, mais ne s'expliquait pas sur un point : qui payera? D'ordinaire Fauchelevent offrait, et le père Mestienne payait. Une offre à boire résultait évidemment de la situation nouvelle créée par le fossoyeur nouveau, et cette offre, il fallait la faire, mais le vieux jardinier laissait, non sans intention, le proverbial quart d'heure dit de Rabelais dans l'ombre. Quant

à lui, Fauchelevent, si ému qu'il fût, il ne se sou-
ciait point de payer.

Le fossoyeur poursuivit, avec un sourire supérieur :

— Il faut manger. J'ai accepté la survivance du
père Mestienne. Quand on a fait presque ses
classes, on est philosophe. Au travail de la main,
j'ai ajouté le travail du bras. J'ai mon échoppe
d'écrivain au marché de la rue de Sèvres. Vous
savez? le marché aux Parapluies. Toutes les cuisi-
nières de la Croix-Rouge s'adressent à moi. Je leur
bâcle leurs déclarations aux tourlourous. Le matin
j'écris des billets doux, le soir je creuse des fosses.
Telle est la vie, campagnard.

Le corbillard avançait. Fauchelevent, au comble
de l'inquiétude, regardait de tous les côtés autour de
lui. De grosses larmes de sueur lui tombaient du front.

— Pourtant, continua le fossoyeur, on ne peut
pas servir deux maîtresses. Il faudra que je choi-
sisse de la plume ou de la pioche. La pioche me
gâte la main.

Le corbillard s'arrêta.

L'enfant de chœur descendit de la voiture dra-
pée, puis le prêtre.

Une des petites roues de devant du corbillard montait un peu sur un tas de terre au delà duquel on voyait une fosse ouverte.

— En voilà une farce! répéta Fauchelevent consterné.

VI

ENTRE QUATRE PLANCHES

Qui était dans la bière? on le sait. Jean Valjean.

Jean Valjean s'était arrangé pour vivre là dedans, et il respirait à peu près.

C'est une chose étrange à quel point la sécurité de la conscience donne la sécurité du reste. Toute la combinaison préméditée par Jean Valjean marchait, et marchait bien, depuis la veille. Il comptait, comme Fauchelevent, sur le père Mestienne.

Il ne doutait pas de la fin. Jamais situation plus critique, jamais calme plus complet.

Les quatre planches du cercueil dégagent une sorte de paix terrible. Il semblait que quelque chose du repos des morts entrât dans la tranquillité de Jean Valjean.

Du fond de cette bière, il avait pu suivre et il suivait toutes les phases du drame redoutable qu'il jouait avec la mort.

Peu après que Fauchelevent eut achevé de clouer la planche de dessus, Jean Valjean s'était senti emporter, puis rouler. A moins de secousses, il avait senti qu'on passait du pavé à la terre battue, c'est-à-dire qu'on quittait les rues et qu'on arrivait aux boulevards. A un bruit sourd, il avait deviné qu'on traversait le pont d'Austerlitz. Au premier temps d'arrêt, il avait compris qu'on entrait dans le cimetière ; au second temps d'arrêt, il s'était dit : voici la fosse.

Brusquement il sentit que des mains saisissaient la bière, puis un frottement rauque sur les planches ; il se rendit compte que c'était une corde qu'on nouait autour du cercueil pour le descendre dans l'excavation.

Puis il eut une espèce d'étourdissement.

Probablement le croque-mort et le fossoyeur avaient laissé basculer le cercueil et descendu la tête avant les pieds. Il revint pleinement à lui en se sentant horizontal et immobile. Il venait de toucher le fond.

Il sentit un certain froid.

Une voix s'éleva au-dessus de lui, glaciale et solennelle. Il entendit passer, si lentement qu'il pouvait les saisir l'un après l'autre, des mots latins qu'il ne comprenait pas :

— *Qui dormiunt in terræ pulvere, evigilabunt; alii in vitam æternam, et alii in opprobrium, ut videant semper.*

Une voix d'enfant dit :

— *De profundis.*

La voix grave recommença :

— *Requiem æternam dona ei, Domine.*

La voix d'enfant répondit :

— *Et lux perpetua luceat ei.*

Il entendit sur la planche qui le recouvrait quelque chose comme le frappement doux de quelques gouttes de pluie. C'était probablement l'eau bénite.

Il songea : Cela va être fini. Encore un peu de patience. Le prêtre va s'en aller. Fauchelevent emmènera Mestienne boire. On me laissera. Puis Fauchelevent reviendra seul et je sortirai. Ce sera l'affaire d'une bonne heure.

La voix grave reprit :

— *Requiescat in pace.*

Et la voix d'enfant dit :

— *Amen.*

Jean Valjean, l'oreille tendue, perçut quelque chose comme des pas qui s'éloignaient.

— Les voilà qui s'en vont, pensa-t-il. Je suis seul.

Tout à coup il entendit sur sa tête un bruit qui lui sembla la chute du tonnerre.

C'était une pelletée de terre qui tombait sur le cercueil.

Une seconde pelletée de terre tomba.

Un des trous par où il respirait venait de se boucher.

Une troisième pelletée de terre tomba.

Puis une quatrième.

Il est des choses plus fortes que l'homme le plus fort. Jean Valjean perdit connaissance.

VII

OU L'ON TROUVERA L'ORIGINE DU MOT:

NE PAS PERDRE LA CARTE

Voici ce qui se passait au-dessus de la bière où était Jean Valjean.

Quand le corbillard se fut éloigné, quand le prêtre et l'enfant de chœur furent remontés en voiture et partis, Fauchelevent, qui ne quittait pas des yeux le fossoyeur, le vit se pencher et empoigner sa pelle, qui était enfoncée droit dans le tas de terre.

Alors Fauchelevent prit une résolution suprême.

Il se plaça entre la fosse et le fossoyeur, croisa les bras, et dit :

— C'est moi qui paye !

Le fossoyeur le regarda avec étonnement, et répondit :

— Quoi, paysan ?

Fauchelevent répéta :

— C'est moi qui paye!

— Quoi?

— Le vin.

— Quel vin?

— L'Argenteuil.

— Où ça l'Argenteuil?

— Au Bon Coing.

— Va-t'en au diable ! dit le fossoyeur.

Et il jeta une pelletée de terre sur le cercueil.

La bière rendit un son creux. Fauchelevent se sentit chanceler et prêt à tomber lui-même dans la fosse. Il cria, d'une voix où commençait à se mêler l'étranglement du râle :

—Camarade, avant que le Bon Coing soit fermé !

Le fossoyeur reprit de la terre dans sa pelle. Fauchelevent continua :

— Je paye.

Et il saisit le bras du fossoyeur.

— Écoutez-moi, camarade. Je suis le fossoyeur du couvent, je viens pour vous aider. C'est une besogne qui peut se faire la nuit. Commençons donc par aller boire un coup.

Et tout en parlant, tout en se cramponnant à cette insistance désespérée, il faisait cette réflexion lugubre : — Et quand il boirait ! se griserait-il ?

— Provincial, dit le fossoyeur, si vous le voulez absolument, j'y consens. Nous boirons. Après l'ouvrage, jamais avant.

Et il donna le branle à sa pelle. Fauchelevent le retint.

— C'est de l'Argenteuil à six !

— Ah çà, dit le fossoyeur, vous êtes sonneur de cloches. Din don, din don; vous ne savez dire que ça. Allez vous faire lanlaire.

Et il lança la seconde pelletée.

Fauchelevent arrivait à ce moment où l'on ne sait plus ce qu'on dit.

— Mais venez donc boire, cria-t-il, puisque c'est moi qui paye !

— Quand nous aurons couché l'enfant, dit le fossoyeur.

Il jeta la troisième pelletée.

Puis il enfonça la pelle dans la terre et ajouta :

— Voyez-vous, il va faire froid cette nuit, et la morte crierait derrière nous si nous la plantions là sans couverture.

En ce moment, tout en chargeant sa pelle, le fossoyeur se courbait, et la poche de sa veste bâillait.

Le regard égaré de Fauchelevent tomba machinalement dans cette poche, et s'y arrêta.

Le soleil n'était pas encore caché par l'horizon; il faisait assez de jour pour qu'on pût distinguer quelque chose de blanc au fond de cette poche béante.

Toute la quantité d'éclair que peut avoir l'œil d'un paysan picard traversa la prunelle de Fauchelevent. Il venait de lui venir une idée.

Sans que le fossoyeur, tout à sa pelletée de terre, s'en aperçût, il lui plongea par derrière la main dans la poche, et retira de cette poche la chose blanche qui était au fond.

Le fossoyeur envoya dans la fosse la quatrième pelletée.

Au moment où il se retournait pour prendre la cinquième, Fauchelevent le regarda avec un profond calme et lui dit :

— A propos, nouveau, avez-vous votre carte?

Le fossoyeur s'interrompit.

— Quelle carte?

— Le soleil va se coucher.

— C'est bon, qu'il mette son bonnet de nuit.

— La grille du cimetière va se fermer.

— Eh bien, après?

— Avez-vous votre carte?

— Ah, ma carte! dit le fossoyeur.

Et il fouilla dans sa poche.

Une poche fouillée, il fouilla l'autre. Il passa aux goussets, explora le premier, retourna le second.

— Mais non, dit-il, je n'ai pas ma carte. Je l'aurai oubliée.

— Quinze francs d'amende, dit Fauchelevent.

Le fossoyeur devint vert. Le vert est la pâleur des gens livides.

— Ah Jésus-mon-Dieu-bancroche-à-bas-la-lune! s'écria-t-il. Quinze francs d'amende!

— Trois pièces-cent-sous, dit Fauchelevent.

Le fossoyeur laissa tomber sa pelle.

Le tour de Fauchelevent était venu.

— Ah çà, dit Fauchelevent, conscrit, pas de désespoir. Il ne s'agit pas de se suicider, et de profiter de la fosse. Quinze francs, c'est quinze francs, et d'ailleurs vous pouvez ne pas les payer. Je suis vieux, vous êtes nouveau. Je connais les trucs, les trocs, les trics et les tracs. Je vas vous donner un conseil d'ami. Une chose est claire, c'est que le soleil se couche, il touche au dôme, le cimetière va fermer dans cinq minutes.

— C'est vrai, répondit le fossoyeur.

— D'ici à cinq minutes, vous n'avez pas le temps de remplir la fosse, elle est creuse comme le diable, cette fosse, et d'arriver à temps pour sortir avant que la grille soit fermée.

— C'est juste.

— En ce cas, quinze francs d'amende.

— Quinze francs.

— Mais vous avez le temps... — Où demeurez-vous ?

— A deux pas de la barrière. A un quart d'heure d'ici. Rue de Vaugirard, numéro 87.

— Vous avez le temps, en pendant vos guiboles à votre cou, de sortir tout de suite.

— C'est exact.

— Une fois hors de la grille, vous galopez chez vous, vous prenez votre carte, vous revenez, le portier du cimetière vous ouvre. Ayant votre carte, rien à payer. Et vous enterrez votre mort. Moi, je vas vous le garder en attendant pour qu'il ne se sauve pas.

— Je vous dois la vie, paysan.

— Fichez-moi le camp, dit Fauchelevent.

Le fossoyeur, éperdu de reconnaissance, lui secoua la main, et partit en courant.

Quand le fossoyeur eut disparu dans le fourré, Fauchelevent écouta jusqu'à ce qu'il eût entendu le pas se perdre, puis il se pencha vers la fosse et dit à demi-voix :

— Père Madeleine !

Rien ne répondit.

Fauchelevent eut un frémissement. Il se laissa rouler dans la fosse plutôt qu'il n'y descendit, se jeta sur la tête du cercueil et cria :

— Êtes-vous là ?

Silence dans la bière.

Fauchelevent, ne respirant plus à force de tremblement, prit son ciseau à froid et son marteau, et
fit sauter la planche de dessus. La face de Jean
Valjean apparut dans le crépuscule, les yeux fermés, pâle.

Les cheveux de Fauchelevent se hérissèrent, il
se leva debout, puis tomba adossé à la paroi de la
fosse, prêt à s'affaisser sur la bière. Il regarda
Jean Valjean.

Jean Valjean gisait, blême et immobile.

Fauchelevent murmura d'une voix basse comme
un souffle :

— Il est mort !

Et se redressant, croisant les bras si violemment
que ses deux poings fermés vinrent frapper ses
deux épaules, il cria :

— Voilà comme je le sauve, moi !

Alors le pauvre bonhomme se mit à sangloter.
Monologuant, car c'est une erreur de croire que le
monologue n'est pas dans la nature. Les fortes
agitations parlent souvent à haute voix.

— C'est la faute au père Mestienne. Pourquoi
est-il mort, cet imbécile-là ? qu'est-ce qu'il avait
besoin de crever au moment où on ne s'y attend

pas? c'est lui qui fait mourir monsieur Madeleine.
Père Madeleine! il est dans la bière. Il est tout
porté. C'est fini. — Aussi, ces choses-là, est-ce
que ça a du bon sens? Ah! mon Dieu! il est mort!
Eh bien, et sa petite, qu'est-ce que je vas en faire?
qu'est-ce que la fruitière va dire? Qu'un homme
comme ça meure comme ça, si c'est Dieu possible!
Quand je pense qu'il s'était mis sous ma charrette!
Père Madeleine! père Madeleine! Pardine, il a
étouffé, je disais bien. Il n'a pas voulu me croire.
Eh bien, voilà une jolie polissonnerie de faite! Il est
mort, ce brave homme, le plus bon homme qu'il
y eût dans les bonnes gens du bon Dieu! Et sa petite! Ah, d'abord je ne rentre pas là-bas moi. Je
reste ici. Avoir fait un coup comme ça! C'est bien
la peine d'être deux vieux pour être deux vieux
fous. Mais d'abord comment avait-il fait pour
entrer dans le couvent? c'était déjà le commencement. On ne doit pas faire de ces choses-là. Père
Madeleine! père Madeleine! père Madeleine! Madeleine! monsieur Madeleine! monsieur le maire!
Il ne m'entend pas. Tirez-vous donc de là à présent!

Et il s'arracha les cheveux.

On entendit au loin dans les arbres un grincement aigu. C'était la grille du cimetière qui se fermait.

Fauchelevent se pencha sur Jean Valjean et
tout à coup eut une sorte de rebondissement et tout
le recul qu'on peut avoir dans une fosse. Jean
Valjean avait les yeux ouverts, et le regardait.

Voir une mort est effrayant, voir une résurrection
l'est presque autant. Fauchelevent devint comme
de pierre, pâle, hagard, bouleversé par tous ces
excès d'émotions, ne sachant s'il avait affaire à un
vivant ou à un mort, regardant Jean Valjean qui
le regardait.

— Je m'endormais, dit Jean Valjean.

Et il se mit sur son séant.

Fauchelevent tomba à genoux.

— Juste bonne Vierge ! m'avez-vous fait peur !

Puis il se releva et cria :

— Merci, père Madeleine !

Jean Valjean n'était qu'évanoui. Le grand air
l'avait réveillé.

La joie est le reflux de la terreur. Fauchelevent
avait presque autant à faire que Jean Valjean pour
revenir à lui.

— Vous n'êtes donc pas mort! Oh! comme vous avez de l'esprit, vous! Je vous ai tant appelé que vous êtes revenu. Quand j'ai vu vos yeux fermés, j'ai dit : bon! le voilà étouffé. Je serais devenu fou furieux, vrai fou à camisole. On m'aurait mis à Bicêtre. Qu'est-ce que vous voulez que je fasse si vous étiez mort? et votre petite! c'est la fruitière qui n'y aurait rien compris! On lui campe l'enfant sur les bras, et le grand-père est mort! Quelle histoire! mes bons saints du paradis, quelle histoire! Ah! vous êtes vivant, voilà le bouquet.

— J'ai froid, dit Jean Valjean.

Ce mot rappela complétement Fauchelevent à la réalité, qui était urgente. Ces deux hommes, même revenus à eux, avaient, sans s'en rendre compte, l'âme trouble, et en eux quelque chose d'étrange qui était l'égarement sinistre du lieu.

— Sortons vite d'ici, cria Fauchelevent.

Il fouilla dans sa poche, et en tira une gourde dont il s'était pourvu.

— Mais d'abord la goutte! dit-il.

La gourde acheva ce que le grand air avait commencé. Jean Valjean but une gorgée d'eau-de-vie et reprit pleine possession de lui-même.

Il sortit de la bière, et aida Fauchelevent à en reclouer le couvercle.

Trois minutes après, ils étaient hors de la fosse.

Du reste Fauchelevent était tranquille. Il prit son temps. Le cimetière était fermé. La survenue du fossoyeur Gribier n'était pas à craindre. Ce « conscrit » était chez lui, occupé à chercher sa carte, et bien empêché de la trouver dans son logis puisqu'elle était dans la poche de Fauchelevent. Sans carte, il ne pouvait rentrer au cimetière.

Fauchelevent prit la pelle et Jean Valjean la pioche, et tous deux firent l'enterrement de la bière vide.

Quand la fosse fut comblée, Fauchelevent dit à Jean Valjean :

— Venons-nous-en. Je garde la pelle ; emportez la pioche.

La nuit tombait.

Jean Valjean eut quelque peine à se remuer et à marcher. Dans cette bière il s'était roidi et était devenu un peu cadavre. L'ankylose de la mort l'avait saisi entre ces quatre planches. Il fallut, en quelque sorte, qu'il se dégelât du sépulcre.

— Vous êtes gourd, dit Fauchelevent. C'est

dommage que je sois bancal, nous battrions la se-
melle.

— Bah! répondit Jean Valjean, quatre pas me
mettront la marche dans les jambes.

Ils s'en allèrent par les allées où le corbillard
avait passé. Arrivés devant la grille fermée et le
pavillon du portier, Fauchelevent, qui tenait à sa
main la carte du fossoyeur, la jeta dans la boîte, le
portier tira le cordon, la porte s'ouvrit, ils sor-
tirent.

— Comme tout cela va bien! dit Fauchelevent;
quelle bonne idée vous avez eue, père Madeleine!

Ils franchirent la barrière Vaugirard de la façon
la plus simple du monde. Aux alentours d'un cimetière, une pelle et une pioche sont deux passe-ports.

La rue de Vaugirard était déserte.

— Père Madeleine, dit Fauchelevent tout en
cheminant et en levant les yeux vers les maisons,
vous avez de meilleurs yeux que moi. Indiquez-moi
donc le numéro 87.

— Le voici justement, dit Jean Valjean.

— Il n'y a personne dans la rue, reprit Fauchelevent. Donnez-moi la pioche, et attendez-moi deux
minutes.

Fauchelevent entra au numéro 87, monta tout en haut, guidé par l'instinct qui mène toujours le pauvre au grenier, et frappa dans l'ombre à la porte d'une mansarde. Une voix répondit:

— Entrez.

C'était la voix de Gribier.

Fauchelevent poussa la porte. Le logis du fossoyeur était, comme toutes ces infortunées demeures, un galetas démeublé et encombré. Une caisse d'emballage, — une bière peut-être, — y tenait lieu de commode, un pot à beurre y tenait lieu de fontaine, une paillasse y tenait lieu de lit, le carreau y tenait lieu de chaises et de table. Il y avait dans un coin, sur une loque qui était un vieux lambeau de tapis, une femme maigre et force enfants, faisant un tas. Tout ce pauvre intérieur portait les traces d'un bouleversement. On eût dit qu'il y avait eu là un tremblement de terre « pour un. » Les couvercles étaient déplacés, les haillons étaient épars, la cruche était cassée, la mère avait pleuré, les enfants probablement avaient été battus; traces d'une perquisition acharnée et bourrue. Il était visible que le fossoyeur avait éperdument cherché sa carte, et fait tout responsable de cette perte dans le galetas, depuis sa cruche jusqu'à sa femme. Il avait l'air désespéré.

Mais Fauchelevent se hâtait trop vers le dénoûment de l'aventure pour remarquer ce côté triste de son succès.

Il entra et dit :

— Je vous rapporte votre pioche et votre pelle.

Gribier le regarda stupéfait.

— C'est vous, paysan ?

— Et demain matin chez le concierge du cimetière vous trouverez votre carte.

Et il posa la pelle et la pioche sur le carreau.

— Qu'est-ce que cela veut dire ? demanda Gribier.

— Cela veut dire que vous aviez laissé tomber votre carte de votre poche, que je l'ai trouvée à terre quand vous avez été parti, que j'ai enterré le mort, que j'ai rempli la fosse, que j'ai fait votre besogne, que le portier vous rendra votre carte, et que vous ne payerez pas quinze francs. Voilà, conscrit.

— Merci, villageois ! s'écria Gribier ébloui. La prochaine fois, c'est moi qui paye à boire.

VIII

INTERROGATOIRE RÉUSSI

Une heure après, par la nuit noire, deux hommes
et un enfant se présentaient au numéro 62 de la
petite rue Picpus. Le plus vieux de ces hommes
levait le marteau et frappait.

C'était Fauchelevent, Jean Valjean et Cosette.

Les deux bonshommes étaient allés chercher
Cosette, chez la fruitière de la rue du Chemin-Vert,
où Fauchelevent l'avait déposée la veille. Cosette

avait passé ces vingt-quatre heures à ne rien comprendre et à trembler silencieusement. Elle tremblait tant qu'elle n'avait pas pleuré. Elle n'avait pas mangé non plus, ni dormi. La digne fruitière lui avait fait cent questions, sans obtenir d'autre réponse qu'un regard morne, toujours le même. Cosette n'avait rien laissé transpirer de tout ce qu'elle avait entendu et vu depuis deux jours. Elle devinait qu'on traversait une crise. Elle sentait profondément qu'il fallait « être sage. » Qui n'a éprouvé la souveraine puissance de ces trois mots prononcés avec un certain accent dans l'oreille d'un petit être effrayé : *Ne dis rien !* La peur est une muette. D'ailleurs, personne ne garde un secret comme un enfant.

Seulement, quand, après ces lugubres vingt-quatre heures, elle avait revu Jean Valjean, elle avait poussé un tel cri de joie, que quelqu'un de pensif qui l'eût entendu eût deviné dans ce cri la sortie d'un abîme.

Fauchelevent était du couvent et savait les mots de passe. Toutes les portes s'ouvrirent.

Ainsi fut résolu le double et effrayant problème : Sortir et entrer.

Le portier, qui avait ses instructions, ouvrit la petite porte de service qui communiquait de la cour
au jardin, et qu'il y a vingt ans on voyait encore
de la rue, dans le mur du fond de la cour, faisant
face à la porte cochère. Le portier les introduisit
tous les trois par cette porte, et de là, ils gagnèrent
ce parloir intérieur réservé où Fauchelevent, la
veille, avait pris les ordres de la prieure.

La prieure, son rosaire à la main, les attendait.
Une mère vocale, le voile bas, était debout près
d'elle. Une chandelle discrète éclairait, on pourrait
presque dire faisait semblant d'éclairer le parloir.

La prieure passa en revue Jean Valjean. Rien
n'examine comme un œil baissé.

Puis elle le questionna :

— C'est vous le frère ?

— Oui, révérende mère, répondit Fauchelevent.

— Comment vous appelez-vous ?

Fauchelevent répondit :

— Ultime Fauchelevent.

Il avait eu en effet un frère nommé Ultime qui
était mort.

— De quel pays êtes-vous ?

Fauchelevent répondit :

— De Picquigny, près Amiens.

— Quel âge avez-vous?

Fauchelevent répondit :

— Cinquante ans.

— Quel est votre état?

Fauchelevent répondit :

— Jardinier.

— Êtes-vous bon chrétien?

Fauchelevent répondit :

— Tout le monde l'est dans la famille.

— Cette petite est à vous?

Fauchelevent répondit :

— Oui, révérende mère.

— Vous êtes son père?

Fauchelevent répondit :

— Son grand-père.

La mère vocale dit à la prieure à demi-voix :

— Il répond bien.

Jean Valjean n'avait pas prononcé un mot.

La prieure regarda Cosette avec attention, et dit à demi-voix à la mère vocale :

— Elle sera laide.

Les deux mères causèrent quelques minutes très-bas dans l'angle du parloir, puis la prieure se retourna et dit :

— Père Fauvent, vous aurez une autre genouillère avec grelot. Il en faut deux maintenant.

Le lendemain en effet on entendait deux grelots dans le jardin, et les religieuses ne résistaient pas à soulever un coin de leur voile. On voyait au fond sous les arbres deux hommes bêcher côte à côte, Fauvent et un autre. Événement énorme. Le silence fut rompu jusqu'à s'entre-dire : C'est un aide-jardinier.

Les mères vocales ajoutaient : C'est un frère au père Fauvent.

Jean Valjean en effet était régulièrement installé ; il avait la genouillère de cuir, et le grelot ; il était désormais officiel. Il s'appelait Ultime Fauchelevent.

La plus forte cause déterminante de l'admission avait été l'observation de la prieure sur Cosette : *Elle sera laide.*

La prieure, ce pronostic prononcé, prit immédiatement Cosette en amitié, et lui donna place au pensionnat comme élève de charité.

Ceci n'a rien que de très-logique.

On a beau n'avoir point de miroir au couvent,
les femmes ont une conscience pour leur figure;
or, les filles qui se sentent jolies se laissent malai-
sément faire religieuses; la vocation étant assez
volontiers en proportion inverse de la beauté, on
espère plus des laides que des belles. De là un
goût vif pour les laiderons.

Toute cette aventure grandit le bon vieux Fauchelevent; il eut un triple succès; auprès de Jean
Valjean qu'il sauva et abrita ; auprès du fossoyeur
Gribier qui se disait : il m'a épargné l'amende;
auprès du couvent qui, grâce à lui, en gardant le
cercueil de la mère Crucifixion sous l'autel, éluda
César et satisfit Dieu. Il y eut une bière avec cadavre au Petit-Picpus et une bière sans cadavre au
cimetière Vaugirard; l'ordre public en fut sans
doute profondément troublé, mais on ne s'en aperçut pas. Quant au couvent, sa reconnaissance pour
Fauchelevent fut grande. Fauchelevent devint le
meilleur des serviteurs et le plus précieux des jar-
diniers. A la plus prochaine visite de l'archevêque,
la prieure conta la chose à sa grandeur, en s'en
confessant un peu et en s'en vantant aussi. L'archevêque, au sortir du couvent, en parla, avec

applaudissement et tout bas, à M. de Latil, confesseur de Monsieur, plus tard archevêque de Reims
et cardinal. L'admiration pour Fauchelevent fit du
chemin, car elle alla à Rome. Nous avons eu sous
les yeux un billet adressé par le pape régnant
alors, Léon XII, à un de ses parents, monsignor
dans la nonciature de Paris, et nommé comme lui
Della Genga; on y lit ces lignes : « Il paraît qu'il
« y a dans un couvent de Paris un jardinier excel
« lent, qui est un saint homme, appelé Fauvent. »
Rien de tout ce triomphe ne parvint jusqu'à Fauchelevent dans sa baraque ; il continua de greffer,
de sarcler, et de couvrir ses melonnières, sans
être au fait de son excellence et de sa sainteté. Il
ne se douta pas plus de sa gloire que ne s'en doute
un bœuf de Durham ou de Surrey dont le portrait
est publié dans le *Illustrated London News* avec
cette inscription : *bœuf qui a remporté le prix au
concours des bêtes à cornes.*

IX

CLOTURE

Cosette au couvent continua de se taire.

Cosette se croyait tout naturellement la fille de Jean Valjean. Du reste, ne sachant rien, elle ne pouvait rien dire, et puis, dans tous les cas, elle n'aurait rien dit. Nous venons de le faire remarquer, rien ne dresse les enfants au silence comme le malheur. Cosette avait tant souffert qu'elle craignait tout, même de parler, même de respirer. Une parole avait si souvent fait crouler sur elle une avalanche! A peine commençait-elle à se rassurer depuis qu'elle était à Jean Valjean. Elle s'habitua assez vite au couvent. Seulement elle regrettait Catherine, mais elle n'osait pas le dire. Une fois pourtant elle dit à Jean Valjean : — « Père, si j'avais su, je l'aurais emmenée. »

Cosette, en devenant pensionnaire du couvent, dut prendre l'habit des élèves de la maison. Jean Valjean obtint qu'on lui remît les vêtements qu'elle dépouillait. C'était ce même habillement de deuil qu'il lui avait fait revêtir lorsqu'elle avait quitté la gargote Thénardier. Il n'était pas encore très-usé. Jean Valjean enferma ces nippes, plus les bas de laine et les souliers, avec force camphre et tous les aromates dont abondent les couvents, dans une petite valise qu'il trouva moyen de se procurer. Il mit cette valise sur une chaise près de son lit, et il en avait toujours la clef sur lui. — Père, lui demanda un jour Cosette, qu'est-ce que c'est donc que cette boîte-là qui sent si bon?

Le père Fauchelevent, outre cette gloire que nous venons de raconter et qu'il ignora, fut récompensé de sa bonne action; d'abord il en fut heureux ; puis il eut beaucoup moins de besogne, la partageant. Enfin, comme il aimait beaucoup le tabac, il trouvait à la présence de M. Madeleine cet avantage qu'il prenait trois fois plus de tabac que par le passé, et d'une manière infiniment plus voluptueuse, attendu que M. Madeleine le lui payait.

Les religieuses n'adoptèrent point le nom d'Ultime ; elles appelèrent Jean Valjean *l'autre Fauvent*.

Si ces saintes. filles avaient eu quelque chose du regard de Javert, elles auraient pu finir par remarquer que, lorsqu'il y avait quelque course à faire au dehors pour l'entretien du jardin, c'était toujours l'aîné Fauchelevent, le vieux, l'infirme, le bancal, qui sortait, et jamais l'autre ; mais, soit que les yeux toujours fixés sur Dieu ne sachent pas espionner, soit qu'elles fussent, de préférence, occupées à se guetter entre elles, elles n'y firent point attention.

Du reste bien en prit à Jean Valjean de se tenir coi et de ne pas bouger. Javert observa le quartier plus d'un grand mois.

Ce couvent était pour Jean Valjean comme une île entourée de gouffres. Ces quatre murs étaient désormais le monde pour lui. Il y voyait le ciel assez pour être serein et Cosette assez pour être heureux.

Une vie très-douce recommença pour lui.

Il habitait avec le vieux Fauchelevent la baraque du fond du jardin. Cette bicoque, bâtie en plâtras, qui existait encore en 1845, était composée, comme on sait, de trois chambres, lesquelles étaient toutes nues et n'avaient que les murailles. La principale avait été cédée, de force, car Jean Valjean avait résisté en vain, par le père Fauchelevent à M. Madeleine. Le mur de cette chambre, outre les deux clous destinés à l'accrochement de la genouillère et de la hotte, avait pour ornement un papier-monnaie royaliste de 93 appliqué à la muraille au-dessus de la cheminée et dont voici le fac-simile exact :

Cet assignat vendéen avait été cloué au mur par le précédent jardinier, ancien chouan qui était mort dans le couvent et que Fauchelevent avait remplacé.

Jean Valjean travaillait tous les jours dans le jardin et y était très-utile. Il avait été jadis émondeur et se retrouvait volontiers jardinier. On se rappelle qu'il avait toutes sortes de recettes et de secrets de culture. Il en tira parti. Presque tous les arbres du verger étaient des sauvageons; il les écussonna et leur fit donner d'excellents fruits.

Cosette avait permission de venir tous les jours passer une heure près de lui. Comme les sœurs étaient tristes et qu'il était bon, l'enfant le comparait et l'adorait. A l'heure fixée elle accourait vers la baraque. Quand elle entrait dans la masure, elle l'emplissait de paradis. Jean Valjean s'épanouissait, et sentait son bonheur s'accroître du bonheur qu'il donnait à Cosette. La joie que nous inspirons a cela de charmant que, loin de s'affaiblir comme tout reflet, elle nous revient plus rayonnante. Aux heures des récréations, Jean Valjean la regardait de loin jouer et courir et il distinguait son rire du rire des autres.

Car maintenant Cosette riait.

La figure de Cosette en était même jusqu'à un certain point changée. Le sombre en avait disparu. Le rire, c'est le soleil; il chasse l'hiver du visage humain.

La récréation finie, quand Cosette rentrait, Jean Valjean regardait les fenêtres de sa classe, et la nuit il se relevait pour regarder les fenêtres de son dortoir.

Du reste Dieu a ses voies ; le couvent contribua, comme Cosette, à maintenir et à compléter dans Jean Valjean l'œuvre de l'évêque. Il est certain qu'un des côtés de la vertu aboutit à l'orgueil. Il y a là un pont bâti par le diable. Jean Valjean était peut-être à son insu assez près de ce côté et de ce pont-là, lorsque la Providence le jeta dans le couvent du Petit-Picpus ; tant qu'il ne s'était comparé qu'à l'évêque, il s'était trouvé indigne et il avait été humble ; mais depuis quelque temps il commençait à se comparer aux hommes, et l'orgueil naissait. Qui sait? il aurait peut-être fini par revenir tout doucement à la haine.

Le couvent l'arrêta sur cette pente.

C'était le deuxième lieu de captivité qu'il voyait. Dans sa jeunesse, dans ce qui avait été pour lui le commencement de la vie, et plus tard, tout récemment encore, il en avait vu un autre, lieu affreux, lieu terrible, et dont les sévérités lui avaient toujours paru être l'iniquité de la justice et le crime de la loi. Aujourd'hui après le bagne il voyait le cloître ; et songeant qu'il avait fait partie du bagne et qu'il était maintenant, pour ainsi dire, spectateur du cloître, il les confrontait dans sa pensée avec anxiété.

Quelquefois il s'accoudait sur sa bêche et descendait lentement dans les spirales sans fond de la rêverie.

Il se rappelait ses anciens compagnons ; comme ils étaient misérables ; ils se levaient dès l'aube et travaillaient jusqu'à la nuit ; à peine leur laissait-on le sommeil ; ils couchaient sur des lits de camp, où l'on ne leur tolérait que des matelas de deux pouces d'épaisseur, dans des salles qui n'étaient chauffées qu'aux mois les plus rudes de l'année ; ils étaient vêtus d'affreuses casaques rouges ; on leur permettait, par grâce, un pantalon de toile dans les grandes chaleurs et une roulière de laine sur le dos dans les grands froids ; ils ne buvaient de vin et ne mangeaient de viande que lorsqu'ils allaient « à la fatigue. » Ils vivaient, n'ayant plus de noms, désignés seulement par des numéros et en quelque sorte faits chiffres, baissant les yeux, baissant la voix, les cheveux coupés, sous le bâton, dans la honte.

Puis son esprit retombait sur les êtres qu'il avait devant les yeux.

Ces êtres vivaient, eux aussi, les cheveux coupés, les yeux baissés, la voix basse, non dans la honte, mais au milieu des railleries du monde, non le dos meurtri par le bâton, mais les épaules déchirées par la discipline. A eux aussi, leur nom parmi les hommes s'était évanoui; ils n'existaient plus que sous des appellations austères. Ils ne mangeaient jamais de viande et ne buvaient jamais de vin; ils restaient souvent jusqu'au soir sans nourriture; ils étaient vêtus, non d'une veste rouge, mais d'un suaire noir, en laine, pesant l'été, léger l'hiver, sans pouvoir y rien retrancher ni y rien ajouter; sans même avoir, selon la saison, la ressource du vêtement de toile ou du surtout de laine; et ils portaient six mois de l'année des chemises de serge qui leur donnaient la fièvre. Ils habitaient, non des salles chauffées seulement dans les froids rigou-

reux, mais des cellules où l'on n'allumait jamais
de feu; ils couchaient, non sur des matelas épais
de deux pouces, mais sur la paille. Enfin on
ne leur laissait pas même le sommeil; toutes les
nuits, après une journée de labeur, il fallait, dans
l'accablement du premier repos, au moment où l'on
s'endormait et où l'on se réchauffait à peine, se réveiller, se lever et s'en aller prier dans une chapelle
glacée et sombre, les deux genoux sur la pierre.

A de certains jours, il fallait que chacun de ces
êtres, à tour de rôle, restât douze heures de suite
agenouillé sur la dalle ou prosterné la face contre
terre et les bras en croix.

Les autres étaient des hommes; ceux-ci étaient
des femmes.

Qu'avaient fait ces hommes? Ils avaient volé,
violé, pillé, tué, assassiné. C'étaient des bandits,
des faussaires, des empoisonneurs, des incen-
diaires, des meurtriers, des parricides. Qu'avaient
fait ces femmes? Elles n'avaient rien fait.

D'un côté le brigandage, la fraude, le dol, la
violence, la lubricité, l'homicide, toutes les espèces
du sacrilége, toutes les variétés de l'attentat; de
l'autre une seule chose, l'innocence.

L'innocence parfaite, presque enlevée dans une mystérieuse assomption, tenant encore à la terre par la vertu, tenant déjà au ciel par la saintcté.

D'un côté des confidences de crimes qu'on se fait à voix basse. De l'autre la confession des fautes qui se fait à voix haute. Et quels crimes! et quelles fautes!

D'un côté des miasmes, de l'autre un ineffable parfum. D'un côté une peste morale, gardée à vue, parquée sous le canon, et dévorant lentement ses pestiférés; de l'autre un chaste embrasement de toutes les âmes dans le même foyer. Là les ténèbres; ici l'ombre;. mais une ombre pleine de clartés, et des clartés pleines de rayonnements.

Deux lieux d'esclavage; mais dans le premier la délivrance possible, une limite légale toujours entrevue, et puis l'évasion. Dans le second, la perpétuité; pour toute espérance, à l'extrémité lointaine de l'avenir, cette lueur de liberté que les hommes appellent la mort.

Dans le premier, on n'était enchaîné que par des chaînes; dans l'autre, on était enchaîné par sa foi.

Que se dégageait-il du premier? Une immense malédiction, le grincement de dents, la haine, la méchanceté désespérée, un cri de rage contre l'association humaine, un sarcasme au ciel.

Que sortait-il du second? La bénédiction et l'amour.

Et dans ces deux endroits si semblables et si divers, ces deux espèces d'êtres si différents accomplissaient la même œuvre, l'expiation.

Jean Valjean comprenait bien l'expiation des premiers; l'expiation personnelle, l'expiation pour soi-même. Mais il ne comprenait pas celle des autres, celle de ces créatures sans reproche et sans souillure, et il se demandait avec un tremblement : Expiation de quoi? quelle expiation?

Une voix répondait dans sa conscience : la plus divine des générosités humaines, l'expiation pour autrui.

Ici toute théorie personnelle est réservée, nous ne sommes que narrateur; c'est au point de vue de Jean Valjean que nous nous plaçons, et nous traduisons ses impressions.

Il avait sous les yeux le sommet sublime de l'abnégation, la plus haute cime de la vertu possible; l'innocence qui pardonne aux hommes leurs fautes et qui les expie à leur place; la servitude

subie, la torture acceptée, le supplice réclamé par
les âmes qui n'ont pas péché pour en dispenser les
âmes qui ont failli ; l'amour de l'humanité s'abî-
mant dans l'amour de Dieu, mais y demeurant dis-
tinct, et suppliant ; de doux êtres faibles ayant la
misère de ceux qui sont punis et le sourire de ceux
qui sont récompensés.

Et il se rappelait qu'il avait osé se plaindre !

Souvent, au milieu de la nuit, il se relevait pour
écouter le chant reconnaissant de ces créatures
innocentes et accablées de sévérités, et il se sentait
froid dans les veines en songeant que ceux qui
étaient châtiés justement n'élevaient la voix vers le
ciel que pour blasphémer, et que lui, misérable, il
avait montré le poing à Dieu.

Chose frappante et qui le faisait rêver profondément comme un avertissement à voix basse de la
Providence même : l'escalade, les clôtures fran-
chies, l'aventure acceptée jusqu'à la mort, l'ascension difficile et dure, tous ces mêmes efforts qu'il
avait faits pour sortir de l'autre lieu d'expiation, il
les avait faits pour entrer dans celui-ci. Était-ce un
symbole de sa destinée ?

Cette maison était une prison aussi, et ressemblait lugubrement à l'autre demeure dont il s'était enfui, et pourtant il n'avait jamais eu l'idée de rien de pareil.

Il revoyait des grilles, des verrous, des barreaux de fer, pour garder qui? Des anges.

Ces hautes murailles qu'il avait vues autour des tigres, il les revoyait autour des brebis.

C'était un lieu d'expiation, et non de châtiment; et pourtant il était plus austère encore, plus morne et plus impitoyable que l'autre. Ces vierges étaient plus durement courbées que les forçats. Un vent froid et rude, ce vent qui avait glacé sa jeunesse, traversait la fosse grillée et cadenassée des vautours; une bise plus âpre et plus douloureuse encore soufflait dans la cage des colombes.

Pourquoi?

Quand il pensait à ces choses, tout ce qui était en lui s'abîmait devant ce mystère de sublimité.

Dans ces méditations l'orgueil s'évanouit. Il fit toutes sortes de retours sur lui-même; il se sentit chétif et pleura bien des fois. Tout ce qui était entré dans sa vie depuis six mois le ramenait vers les saintes injonctions de l'évêque; Cosette par l'amour, le couvent par l'humilité.

Quelquefois, le soir, au crépuscule, à l'heure où le jardin était désert, on le voyait à genoux au milieu de l'allée qui côtoyait la chapelle, devant la fenêtre où il avait regardé la nuit de son arrivée, tourné vers l'endroit où il savait que la sœur qui faisait la réparation était prosternée en prière. Il priait, ainsi agenouillé devant cette sœur.

Il semblait qu'il n'osât s'agenouiller directement devant Dieu.

Tout ce qui l'entourait, ce jardin paisible, ces fleurs embaumées, ces enfants poussant des cris joyeux, ces femmes graves et simples, ce cloître silencieux, le pénétraient lentement, et peu à peu son âme se composait de silence comme ce cloître, de parfum comme ces fleurs, de paix comme ce jardin, de simplicité comme ces femmes, de joie comme ces enfants. Et puis il songeait que c'étaient deux maisons de Dieu qui l'avaient successivement recueilli aux deux instants critiques de sa vie, la première lorsque toutes les portes se fermaient et que la société humaine le repoussait, la deuxième au moment où la société humaine se remettait à sa poursuite et où le bagne se rouvrait; et que sans la première il serait retombé dans le crime et sans la seconde dans le supplice.

Tout son cœur se fondait en reconnaissance et il aimait de plus en plus.

Plusieurs années s'écoulèrent ainsi ; Cosette grandissait.

TABLE

TABLE

DU TOME QUATRIÈME

—

DEUXIÈME PARTIE

COSETTE

—

LIVRE CINQUIÈME

A CHASSE NOIRE MEUTE MUETTE

LIVRE SIXIÈME

LE PETIT-PICPUS

LIVRE SEPTIÈME

PARENTHÈSE

LIVRE HUITIÈME

LES CIMETIÈRES PRENNENT CE QU'ON LEUR DONNE

PARIS. — IMPRIMERIE DE J CLAYE, RUE SAINT-BENOIT, 7.

CATALOGUE GÉNÉRAL

DE

PAGNERRE

LIBRAIRE-ÉDITEUR

———

AVRIL 1862

———

SOMMAIRE

LES OUVRAGES ANNONCÉS SUR CE CATALOGUE
SONT EXPÉDIÉS FRANCO
CONTRE ENVOI DU PRIX EN UN MANDAT SUR LA POSTE
ET PAR LETTRE AFFRANCHIE.

PARIS

— 18, RUE DE SEINE, 18 —

Ce Catalogue annule les précédents.

TABLE DES NOMS D'AUTEURS

LES

MISÉRABLES

PAR

VICTOR HUGO

L'apparition de ce grand livre, l'œuvre capitale de Victor Hugo, sera l'un des principaux événements littéraires de notre siècle.

Les Misérables sont le premier roman publié par Victor Hugo depuis *Notre-Dame de Paris*.

Notre-Dame de Paris, c'était la résurrection du moyen âge ; *les Misérables*, c'est la vie du *dix-neuvième siècle*.

A la prodigieuse invention, au drame poignant, au style splendide, à toutes les qualités saisissantes du créateur de *Claude Frollo* et de *la Esmeralda*, s'ajouteront, cette fois, l'émotion d'une action contemporaine et la grande inquiétude de tout le problème social. L'intérêt de *Notre-Dame de Paris* multiplié par l'actualité, voilà *les Misérables !*

Le roman complet est divisé en cinq parties de deux volumes chacune, qui paraîtront régulièrement de mois en mois. Les cinq parties, reliées entre elles par une action continue, renferment cependant chacune un épisode complet.

Chaque partie, composée de deux beaux volumes in-8°, imprimés avec luxe sur papier cavalier vélin glacé et satiné, se vend séparément **12 fr**. Il est tiré *cent* exemplaires d'amateurs, sur beau papier vélin vergé collé, au prix de **24 fr**. les deux volumes composant chaque partie.

Le jour même de la publication, un exemplaire des deux volumes est expédié *franco*, par la poste, à toute personne qui a fait parvenir, en un mandat sur la poste à l'ordre de M. Pagnerre, la somme de **13 francs**.

OEUVRES COMPLÈTES

DE

W. SHAKESPEARE

TRADUCTION NOUVELLE

PAR

FRANÇOIS-VICTOR HUGO

AVEC UNE INTRODUCTION

PAR

VICTOR HUGO

Cette traduction, la seule exacte, la seule complète, est faite non sur la traduction de Letourneur, mais sur le texte de Shakespeare. On sait que la version de Letourneur a servi de type à toutes les traductions publiées jusqu'ici, et qu'elle est restée bien loin de l'original, malgré les consciencieux efforts faits par M. Guizot pour l'en rapprocher. M. François-Victor Hugo a complété ce monument, élevé à Shakespeare, par la reproduction des chroniques et des légendes, aujourd'hui oubliées, sources de tant de chefs-d'œuvre.

Nouvelle par la forme, nouvelle par les compléments, nouvelle par les révélations critiques et historiques, cette traduction sera nouvelle surtout par l'association de deux noms. Elle offrira au lecteur cette nouveauté dernière : l'auteur de *Ruy-Blas* commentant l'auteur d'*Hamlet*.

Chaque volume, publié dans le format in-8°, précédé d'une

INTRODUCTION ET SUIVI DE NOTES ET APPENDICE

Se vend séparément

Trois francs cinquante centimes.

Exemplaires d'amateurs sur papier glacé et satiné vélin vergé fort.
Chaque volume : 7 fr.

En Vente :

I. — **LES DEUX HAMLET.**

II. — **LES FÉERIES.**
Le Songe d'une Nuit d'été.
La Tempête.

III. — **LES TYRANS.**
Macbeth.
Le roi Jean.
Richard III.

IV. — **LES JALOUX I.**
Troylus et Cressida.
Beaucoup de bruit pour rien.
Le Conte d'hiver.

V. — **LES JALOUX. II.**
Cymbelyne.
Othello.

VI. — **LES COMÉDIES DE L'AMOUR.**
La Sauvage apprivoisée.
Tout est bien qui finit bien.
Peines d'amour perdues.

VII. — **LES AMANTS TRAGIQUES.**
Antoine et Cléopatre.
Roméo et Juliette.

VIII. — **LES AMIS.**
Les Deux Gentilshommes de Vérone.
Le Marchand de Venise.
Comme il vous plaira.

IX. — **LA FAMILLE.**
Coriolan.
Le roi Lear.

X. — **LA SOCIÉTÉ.**
Mesure pour Mesure.
Timon d'Athènes.
Jules César.

XI. — **LA PATRIE. I.**
Richard II.
Henri IV (1re partie).
Henri IV (2e partie).

Sous Presse :

XII. — **LA PATRIE. II.**
Henri V.
Henri VI (1re partie).

XIII. — **LA PATRIE III.**
Henri VI (2e partie).
Henri VI (3e partie).
Henri VIII.

XIV. — **LES FARCES.**
Les Joyeuses Épouses de Windsor
Comédie d'erreurs.
La Nuit des Rois.

XV. — **SONNETS ET POÈMES.**

ŒUVRES

DE

EUGÈNE PELLETAN

Philosophe, historien, romancier, publiciste, critique, M. Eugène Pelletan a fait en quelque sorte le tour de la pensée humaine.

Dans la *Profession de Foi* il a donné la formule du progrès, et en a raconté la marche, étape par étape. *Le Monde marche* contient la brillante polémique qu'il a soutenue contre Lamartine, pour la justification de la doctrine de perfectibilité. Les *Rois philosophes* représentent l'alliance contre nature, au dix-huitième siècle, du despotisme et de la philosophie, de Frédéric le Grand et de Voltaire. *Le Pasteur du Désert* met en scène, sous une forme vivante, dramatique, le grand principe moderne de liberté de conscience. Le livre des *Droits de l'Homme* pose les immortelles vérités de 89, de la liberté sous toutes ses formes, en face de toutes les débauches de la force et de toutes les maximes de salut public. Dans les *Heures de Travail*, reproductions choisies d'articles écrits dans différents journaux, M. Pelletan donne ses impressions de lecture sur les gloires et les idées de notre époque. La *Naissance d'une Ville* est l'histoire du *Progrès* dans un Village. La *Décadence de la Monarchie française* montre sous son véritable jour ce qu'on a jusqu'à présent nommé *le grand siècle*.

Profession de Foi du XIXe siècle. 4e édition.
1 vol. in-8°. . . . 3 fr. 50 c.
Heures de Travail.
2 vol. in-8°. . . . . 7 fr
Les Droits de l'Homme.
1 vol. in-8°. . . . 3 fr. 50 c.
Les Rois Philosophes.
1 vol. in-8°. . . . 3 fr. 50 c
La Naissance d'une Ville
1 vol. in-8°. . . . 3 fr. 50 c.
Histoire des Trois Journées de Février 1848
1 vol. in-8°. . . . 1 fr. 50 c

Les Morts inconnus. — Le Pasteur du Désert. 2e édition.
1 vol. in-18 jésus. . 1 fr. 50 c.

Le Monde marche. 2e édition.
1 vol. in-18 jésus. . 1 fr. 50 c.

Décadence de la Monarchie française. 2e édition.
1 vol. in-16. . . . . 50 c.
3e édition, considérablement augmentée. 1 vol. in-8°. . . 5 fr.

La Nouvelle Babylone.
1 vol. in-18 jésus. . 2 fr. 50 c.

ŒUVRES

DE WALTER SCOTT

Traduites par DEFAUCONPRET, sous les yeux et avec les conseils de l'auteur.

Très-belle édition revue, corrigée avec le plus grand soin

Illustrée de 50 Magnifiques gravures et portraits d'après RAFFET.

30 FORTS VOLUMES IN-8°, CAVALIER VÉLIN.

4 fr. 50 c. le volume.

C'est la plus belle, la plus splendide édition qui ait encore été publiée en France des Œuvres du grand romancier anglais.

Chaque volume se vend séparément.

TITRE DES OUVRAGES :

1. Waverley.
2. Guy Mannering.
3. L'Antiquaire.
4. Rob Roy.
5. Le Nain noir. / Les Puritains.
6. La prison d'Edimbourg.
7. La Fiancée de Lammermoor. / L'Officier de fortune.
8. Ivanhoé.
9. Le Monastère.
10. L'Abbé, suite du Monastère.
11. Kenilworth.
12. Le Pirate.
13. Aventures de Nigel.
14. Peveril du Pic.
15. Quentin Durward.
16. Les eaux de Saint-Ronan.
17. Redgauntlet.
18. Le Connétable de Chester.
19. Richard en Palestine.
20. Woodstock.
21. Les Chroniques de la Canongate.
22. La Jolie Fille de Perth.
23. Charles le Téméraire.
24. Robert de Paris.
25. Le Château périlleux. / La Démonologie.
26 à 28. Histoire d'Écosse.
29 et 30. Romans poétiques.

Collection de 50 gravures pouvant servir à illustrer les anciennes éditions. Prix. 25 fr.

NOUVELLE ÉDITION ILLUSTRÉE

30 volumes in-8° carré. Chaque volume 3 fr.

ÉDITION PRÉCÉDENTE.

30 vol. in-8° ornés de 90 grav. par Alfred et Tony Johannot.
Il ne reste plus d'exemplaires complets.

Chaque volume se vend séparément . . . . 4 fr.
— Sans gravures. . . . . 3 fr.

ŒUVRES

DE FENIMORE COOPER

Traduites par DEFAUCONPRET.

NOUVELLE ÉDITION, ORNÉE DE **90** BELLES GRAVURES.

Chaque volume se vend séparément 4 fr.

TITRE DES OUVRAGES :

1. Précaution.
2. L'Espion.
3. Le Pilote.
4. Lionel Lincoln.
5. Dernier des Mohicans.
6. Les Pionniers.
7. La Prairie.
8. Le Corsaire rouge.
9. Puritains d'Amérique.
10. L'Écumeur de Mer.
11. Le Bravo.
12. L'Heidenmauer.
13. Le Bourreau de Berne.
14. Les Monikins.
15. Le Paquebot américain
16. Ève Effingham.
17. Le Lac Ontario.
18. Mercédes de Castille.
19. Le Tueur de daims.
20. Les deux Amiraux.
21. Le Feu follet.
22. A Bord et à Terre.
23. Lucie Hardinge.
24. Wyandotté.
25. Satanstoé.
26. Le Porte-Chaîne.
27. Ravensnest.
28. Les Lions de Mer.
29. Le Cratere.
30. Les Mœurs du jour.

LOUIS BLANC

HISTOIRE

DE LA

RÉVOLUTION FRANÇAISE

12 beaux volumes in-8°. — Prix de chaque volume : 5 fr.

ŒUVRES DE M. A. DE LAMARTINE

Volumes grand in-8° cavalier vélin, illustrés de 22 gravures sur acier
par nos premiers artistes.

DIVISION DE L'OUVRAGE :

MÉDITATIONS, NOUVELLES MÉDITATIONS, CHANT DU SACRE, MORT
DE SOCRATE, PÈLERINAGE DE CHILD-HAROLD, avec notes et com-
mentaires. 1 vol . . . . 7 fr.
HARMONIES POÉTIQUES, RECUEILLEMENTS, avec notes et commen-
taires. 1 vol. . . . . 7 fr.
JOCELYN, avec notes et commentaires. 1 vol. . . . . 6 fr
CHUTE D'UN ANGE, avec notes. 1 vol. . . . . 6 fr.
VOYAGE EN Orient. 2 vol. . . . . 12 fr.

Collection des 22 gravures, pouvant servir à illustrer les anciennes
éditions. Prix. . . . . 8 fr.

Édition in-18 format anglais, à 3 fr. 50 c. le volume.

Chaque volume se vend séparément.

Méditations poétiques.	1 v	**Recueillements poétiques**	1 v.
Nouvelles Méditations.	1 v.	**Jocelyn.**	1 v.
Harmonies poétiques.	1 v.	**Chute d'un Ange.**	1 v.

Voyage en Orient. 2 vol.

Cette édition, qui est charmante, a déjà été réimprimée plusieurs fois; il en a été
tiré plus de 300,000 volumes.

JOCELYN

NOUVELLE ÉDITION, REVUE ET CORRIGÉE,

Imprimée sur papier de luxe dans le format elzevirien. 1 joli vol. in-16.
Prix. . . . . 3 fr. 50.

Exemplaires d'amateurs tirés sur papier de Chine.

LE MÊME OUVRAGE :

Edition in-8° jésus, illustrée de nombreuses vignettes gravées sur bois.
1 volume. 15 fr.

ANCIENNES EDITIONS

Recueillements poétiques	1 vol. in-8°.	3 fr. 50
—	—	1 vol. in-18.	1 fr. 75
La Chute d'un Ange. 2 vol. in-18.		3 fr. 50

HISTOIRE DE LA RESTAURATION

**CHUTE DE L'EMPIRE — PREMIÈRE RESTAURATION — CENT-JOURS
DEUXIEME RESTAURATION**

8 vol. in-8° grand cavalier vélin, ornés de 32 magnifiques portraits-
vignettes sur acier. — L'ouvrage complet : 40 fr.

COLLECTION DES 32 PORTRAITS-VIGNETTES : 10 FR.

Le même ouvrage :

8 vol. in-18 jésus vélin. . . . . .   28 fr. »
Chaque volume se vend séparément. . 3 fr. 50 c.

HISTOIRE DES CONSTITUANTS

4 vol. in-8°, grand cavalier vélin. — Prix : 5 fr. le volume.
L'ouvrage complet : 20 fr.

HISTOIRE DES GIRONDINS

8ᵉ édition. — 6 beaux vol. in-18 jésus vélin. — Prix : 21 fr.

HISTOIRE DE LA TURQUIE

8 volumes in-8°, grand cavalier. — Prix : 5 fr. le vol.

RAPHAEL

PAGES DE LA VINGTIÈME ANNÉE

1 vol. in-18. — Prix : 1 fr.

GRAZIELLA

1 vol. in-18. — Prix : 1 fr.

LE TAILLEUR DE PIERRES DE SAINT-POINT

RÉCIT VILLAGEOIS

1 volume in-8°, cavalier vélin . . . 4 fr.

LES CONFIDENCES

1 vol. in-18 jésus. . . 2 fr.

ŒUVRES COMPLÈTES

DE M. EDGAR QUINET

FORMANT 10 BEAUX VOLUMES.

Chaque volume se vend séparément.

Édition In-8°. . . . . 6 fr. ‖ Édition In-18. . . . . 3 fr 50 c.

I. — Génie des Religions. — De l'origine des dieux.

II. — Les Jésuites. — L'Ultramontanisme. — Introduction à la Philosophie de l'histoire de l'Humanité.

III. — Le Christianisme et la Révolution française. — Examen de la *Vie de Jésus-Christ*, par Strauss. — Philosophie de l'histoire de France.

IV. — Les Révolutions d'Italie.

V. — Marnix de Sainte-Aldegonde. — La Grèce moderne et ses rapports avec l'Antiquité.

VI. — Les Roumains. — Allemagne et Italie. — Mélanges.

VII. — Ahasvérus. — Les Tablettes du Juif errant.

VIII. — Prométhée. — Napoléon. — Les Esclaves.

IX. — Mes vacances en Espagne. — De l'Histoire de la Poésie. — Des Épopées françaises inédites du xiie siècle.

X. — Histoire de mes idées. — 1815 et 1840. — Avertissement au pays. — La France et la Sainte-Alliance en Portugal. — Œuvres diverses.

EDGAR QUINET, SA VIE ET SON ŒUVRE

PAR CHARLES-LOUIS CHASSIN

UN BEAU VOLUME

Édition In-8° . . . 6 fr. ‖ Édition In-18. . . 3 fr. 50

MÉMOIRES

SUR

CARNOT

PAR SON FILS

On ne trouve le nom de Carnot sur la liste d'aucune des sectes politiques qui se sont disputé le terrain de la Révolution ; mais il est écrit sur les brevets de tous les chefs d'armée qui, sous sa direction, ont défendu la France ; il est attaché à toutes les grandes fondations que la République nous a léguées : l'Institut, l'École polytechnique, l'unité des poids et mesures, et tant d'autres, ainsi qu'à l'enseignement populaire, dont il eut seulement le temps d'ébaucher une organisation. Carnot représente surtout dans l'histoire de son temps l'idée patriotique et républicaine : s'il accepte les nécessités de la dictature pour conquérir l'indépendance nationale, cette indépendance assurée, il ne songe qu'à la liberté. Sa vie entière est consacrée à des efforts alternatifs dans cette double tendance : tout aux idées de réforme pacifique au début de la Révolution, dès que la France est attaquée, il se voue à sa

défense et devient le chef de son action militaire. La France
délivrée demande-t-elle des institutions? il repousse avec force
l'ambition du général qui veut la confisquer à son profit, et
prononce la dernière parole républicaine dont la tribune ait
retenti. La France, menacée de nouveau dans son intégrité,
le revoit apparaître à sa frontière sur les remparts d'Anvers.
Vaincue, elle croit se consoler sous un régime constitutionnel:
Carnot s'arme d'une plume courageuse pour arrêter ceux qui
la trompent et la reconduisent aux anciennes servitudes.
Enfin, en présence d'une nouvelle coalition d'ennemis, il
consent à servir le dictateur que la France a repris; il combat
avec elle, succombe avec elle, et va mourir proscrit chez un
des peuples que nos soldats avaient autrefois vaincus sous
son commandement.

Voilà l'unité de la vie de Carnot, telle que la présente à
l'estime publique le noble récit tracé par M. Hippolyte Carnot,
d'après les correspondances et les documents originaux qu'il
possède, d'après ses souvenirs personnels, et surtout d'après
les conversations de son père, « dans un tête-à-tête de huit
ans au foyer de l'exil. » Il l'a racontée simplement, avec un
amour qui n'exclut pas l'impartialité, avec un soin qui n'exclut pas l'abandon, en le faisant parler lui-même aussi souvent que possible.

———————

Les *Mémoires sur Carnot* se composent de deux volumes
format in-8°, de six cents pages chacun, publiés en quatre
parties, et ornés d'un très-beau portrait gravé sur acier.

Chaque volume se vend séparément 7 fr.

Chaque partie, 3 fr. 50 cent.

———————

GARNIER-PAGÈS

HISTOIRE

DE LA

RÉVOLUTION

DE 1848

L'histoire de la Révolution de 1848 présente une série de drames, les plus curieux, les plus émouvants des temps modernes. Dans ces luttes gigantesques, où les peuples et les princes combattent pour la souveraineté, où le monde du passé se brise contre le monde de l'avenir, l'intérêt est d'autant plus excité que chaque peuple, chaque individu, s'est vu, dans cette mêlée immense, ballotté par le torrent dont les flots roulent toujours.

Acteur ou témoin dans ces scènes multiples dont la variété est infinie, chaque peuple, chaque individu, y a rempli son rôle plus ou moins tracé, y a eu sa fortune, sa vie plus ou moins engagées. Dans le récit chacun peut retrouver ses actes, dans le livre sa page, dans le tableau sa place, dans les discussions sa pensée, dans les drapeaux sa couleur, dans les élections son vote, dans l'histoire générale son histoire personnelle.

L'intérêt croît sans cesse et se multiplie. C'est le drame

grandiose de la vie réelle de l'humanité! La scène, c'est le monde entier!... Les acteurs sont les peuples! Dieu plane en haut et juge chacun selon ses œuvres.....

Et le drame continue.

L'HISTOIRE DE LA RÉVOLUTION DE 1848 se compose de **quatre parties** dont voici les titres :

La Révolution de 1848 en Europe. 3 vol.
Chute de la Royauté. . . . . **1 vol.**
24 Février 1848. . . . . **1 vol.**
Gouvernement provisoire. . . . . **3 vol.**

Chaque volume, format in-8°, imprimé avec luxe sur papier cavalier vélin glacé et satiné, se vend séparément : 6 fr.

DICTIONNAIRE

POLITIQUE

ENCYCLOPÉDIE DE LA SCIENCE ET DU LANGAGE POLITIQUES

PAR LES NOTABILITÉS DE LA PRESSE ET DU PARLEMENT

AVEC UNE

INTRODUCTION PAR GARNIER-PAGÈS AÎNÉ

Publié par Eug. DUCLERC et PAGNERRE.

1 fort vol. in-8° grand jésus, de près de 1,000 pages à deux colonnes contenant plus de 2,000 articles. 6ᵉ édition. . . . . 15 fr.

Le *Dictionnaire politique* est tout à la fois le *manuel* et le *guide* du citoyen, du fonctionnaire public, du diplomate, du publiciste, de l'électeur, de l'homme du peuple aussi bien que des premiers magistrats de l'État. Cet ouvrage est pour la science politique ce que fut, pour les sciences exactes et philosophiques, la grande Encyclopédie du dix-huitième siècle.

COLLECTION

D'AUTEURS CONTEMPORAINS

Format in-8º carré et cavalier

3 fr. 50 c. le volume. — 4 fr. les volumes ornés de gravures.

Cette collection réalise un très-grand progrès en librairie : l'éditeur donne à 3 fr. 50 c. et 4 fr. des volumes in-8º parfaitement fabriqués, qui n'ont jamais été vendus moins de 5 fr., 6 fr. et 7 fr. 50 c.

PREMIÈRE SÉRIE. — VOLUMES A 4 FR. AVEC GRAVURES

Histoire de Dix ans. — 1830 à 1840, par M. Louis Blanc. 9e édition, illustrée de 25 magnifiques gravures sur acier, 12 sujets des principaux événements, d'après Jeanron, et 13 portraits. 5 volumes sur carré vélin.

COLLECTION DE 21 BELLES GRAVURES.

Pour les éditions précédentes de l'Histoire de Dix ans. 12 sujets et 13 portraits. . . . . 8 fr.

Histoire de Huit ans. — 1840 à 1848, par Elias Regnault. Belle édition illustrée de 14 gravures et portraits. 3 volumes sur carré vélin.

Ces deux ouvrages réunis comprennent l'Histoire de la Révolution de 1830 et du règne de Louis-Philippe jusqu'à la Révolution de 1848. 8 vol. 32 fr.

Le Tailleur de Pierres de Saint-Point, par M. A. de Lamartine. Récit villageois. 1 vol. sur cavalier vélin.

DEUXIÈME SÉRIE. — VOLUMES A 3 FR. 50 C.

L'Histoire à l'audience, Esquisses contemporaines, procès Teste, Praslin et Beauvallon, par M. Oscar Pinard, conseiller à la Cour impériale de Paris. 1 fort volume.

La Normandie inconnue, par M. François-Victor Hugo. 1 volume.

Œuvres complètes de William Shakespeare, traduction nouvelle, par le Même, avec une Introduction par M. Victor Hugo. Chaque vol. se vend séparément.

Exemplaires d'amateurs sur papier glacé et satiné vélin vergé fort. Par souscription, chaque vol. 7 fr.

La Turquie contemporaine, Hommes et Choses. Études sur l'Orient, par Charles ROLLAND, anc. représentant. 1 volume.

Histoire des Arabes et des Mores d'Espagne, par M. Louis VIARDOT, membre de l'Académie espagnole. 2 volumes.

Profession de foi du XIXᵉ siècle, par M. Eugène PELLETAN. 4ᵉ édit. 1 volume.

Heures de travail, par le même. 2 volumes.

Les Droits de l'homme, par le même. 1 volume.

Les Rois philosophes, par le même. 1 volume.

La Naissance d'une ville, par le même. 1 volume.

La Philosophie scolastique, par M. Barthélemy HAURÉAU, ancien conservateur à la Bibliothèque nationale, ouvrage couronné par l'Institut. 2 volumes.

Aventures de Guerre au temps de la République et du Consulat, par M. A. MOREAU DE JONNÈS, membre de l'Institut. 2 volumes.

La Souveraineté du Peuple, *Essai sur l'esprit de la Révolution,* par M. Paul de FLOTTE, ancien représentant. 1 volume.

Les Amours d'un poëte, par Paulin NIBOYET (Fortunio), précédées d'une *Introduction,* par Mᵐᵉ la comtesse DASH. 1 volume.

Jean de Hunyad, récit du XVᵉ siècle, précédé de **la Hongrie,** son génie et sa mission, étude historique, par Charles-Louis CHASSIN. 2ᵉ édition. 1 volume.

Initiation à la Philosophie de la liberté, par Charles LEMAIRE, ancien préfet. 2 volumes.

Les Orateurs de la Grande-Bretagne, depuis Charles Iᵉʳ jusqu'à nos jours, par H. LALOUEL, avec une lettre de M. de Cormenin. 2 tomes en 1 fort volume.

Pérégrinations en Orient ou Voyage en Egypte, Syrie, Palestine, Turquie, Grèce, etc., par M. Eusèbe de SALLES, ancien interprète de l'armée d'Afrique. 2 tomes en 1 fort volume.

De l'organisation de la République depuis Moïse jusqu'à nos jours, par Auguste BILLIARD, ancien conseiller d'État. 1 volume.

OUVRAGES DU MÊME FORMAT ET DU MÊME PRIX.

Mémoires sur Carnot, par son fils, tome Iᵉʳ (2 parties), orné du portrait de Carnot. 2 volumes.

La France et l'Angleterre, par J. CORDIER. 1 volume.

Situation des esclaves dans les colonies françaises, urgence de l'émancipation, par J.-B. ROUVELIAT DE CUSSAC. 1 volume.

Hugues de Saint-Victor, Nouvel examen de l'édition de ses Œuvres, par M. HAURÉAU. 1 volume.

Œuvres de F. Cooper, traduction de DEFAUCONPRET, 30 vol. avec 90 gravures . . . . 120 fr. Chaque volume se vend séparément, voir pages 9.

Lamartine, Recueillements poétiques. 1 volume.

BIBLIOTHÈQUE D'ÉLITE

Format anglais grand in-18 jésus vélin

PREMIÈRE CATÉGORIE.

A 3 FR. 50 CENT. LE VOLUME.

A. de Lamartine. OEuvres, nouvelle et tres-jolie edition, revue et augmentée de notes et commentaires. 22 vol.

Méditations poétiques. 2 vol.
Harmonies poétiques. 1 vol.
Recueillements poétiques. 1 vol.
Jocelyn. 1 vol.
Chute d'un Ange. 1 vol.
Voyage en Orient. 2 vol.
Histoire de la Restauration. 8 vol.
Histoire des Girondins. 6 vol.

Edgard Quinet. OEuvres complètes. 10 vol.

Ch.-L. Chassin. Edgard QUINET, SA VIE ET SON OEUVRE. 1 vol.

Le poëte de la révolution Hongroise, Alexandre PETOEFI, par Charles-Louis CHASSIN. 1 vol.

Béranger. OEuvres. 4 vol.

La Politique et les Religions. Études d'un Journaliste, par M. H. LAMARCHE (du Siècle). 1 vol.

Trois ans aux États-Unis. Étude des mœurs et coutumes américaines, par Oscar COMETTANT. 2e édition. 1 vol.

Le nouveau Monde, scènes de la vie américaine, par le même, précédé d'une Préface, par Louis JOURDAN (du Siècle). 1 vol.

Musique et Musiciens, par le même. 1 vol.

V. Cousin. (DE l'ACADÉMIE FRANÇAISE). OEuvres. 12 vol.

OEuvres littéraires. 3 vol.

BLAISE PASCAL. 1 vol.
JACQUELINE PASCAL. 1 vol.
MÉLANGES LITTÉRAIRES. — Fourier, Donnat, Mme de Longueville, Kant, Santa-Rosa. 1 vol.

Instruction publique en France (1830-1848).

INSTRUCTION PRIMAIRE ET SECONDAIRE. 1 vol.
ENSEIGNEMENT DE LA MÉDECINE 1 vol.

DU VRAI, DU BEAU ET DU BIEN. 1 vol.
FRAGMENTS PHILOSOPHIQUES. Nouvelle édition. 4 vol.
DISCOURS POLITIQUES avec une INTRODUCTION sur les Principes de la Révolution française (1851). 1 vol.

Paul Nibelle. Les Crépuscules, 1 vol.

Henri Monnier. Paris et la Province. Scènes populaires. (Sous presse). 1 vol.

Petits drames Bourgeois. Étude de mœurs, par MOLÉRI. 1 v.

Fièvres du Jour. — La famille Guillaume. — L'Institutrice — Un vieux lion, par MOLÉRI. 1 vol.

**Le Portefeuille d'un Journa-
liste**, *Romans et Nouvelles*, par
Hippolyte LUCAS. 1 vol.

Paulin Niboyet. LES MONDES
NOUVEAUX. 1 vol.

Lasteyrie. *Sentences de Sextius*,
philosophe pythagoricien. 1 vol.

Lasteyrie. *Des Droits naturels de
tout individu vivant en société.*
1 vol.

Histoire des races Humaines,
ou *Philosophie ethnographique*,
par M. EUSÈBE DE SALLES. 1 vol.

Lorenzo Benoni. *Mémoires d'un
réfugié italien*, par J. RUFFINI,
traduits par O. SACHOT. 1 vol.

P. Lanfrey. *L'Église et les Philosophes au dix-huitième siècle.*
2e édition. 1 vol.

DEUXIÈME CATÉGORIE.

A 3 FRANCS LE VOLUME.

Boichot, ancien représentant du
peuple. Petit Traité de connais-
sances à l'usage de tous. 1 vol.

**Histoire de l'art dramatique
en France,** par Théophile GAU-
THIER. 6 vol.

**Histoire de l'Inde, depuis son
origine jusqu'à nos jours,**
par M. DE JANCIGNY, ex-aide de
camp du roi d'Oude, ex-envoyé en
Chine et aux Indes. 1 vol.

**Petites Tribulations de la vie
humaine,** par P.-J. MARTIN.
1 vol.

**Les petites Joies de la vie hu-
maine,** par Jules VIARD, 1 vol.

Les bonnes Bêtises, par P.-J.
MARTIN. 1 vol.

L'Esprit de tout le monde, par
le même. 1 vol.

**Les Femmes jugées par les
méchantes langues,** par Louis
MARTIN et LARCHER. 1 vol.

**Les Femmes peintes par elles-
mêmes,** par LARCHER et P.-J.
MARTIN. 1 vol.

**Les Hommes jugés par les
Femmes,** par LARCHER et P.-J.
MARTIN. 1 vol.

**Antologie satirique : Le Mal
que les Poëtes ont dit des
Femmes,** par P.-J. MARTIN et
LARCHER. 1 vol.

**Ce qu'on a dit du Mariage et
du Célibat,** par LARCHER et P.-
J. Julien. 1 vol.

**Les Femmes jugées par les
bonnes langues,** par LARCHER
et L. JULLIEN. 1 vol.

TROISIÈME CATÉGORIE.

A 2 FR. 50 CENT. LE VOLUME.

**Fables de Pierre Lachambeau-
die.** Nouvelle édition, revue,
corrigée et augmentée. 1 vol.

La Sœur Jeanne, par SAINT-
GERMAIN-LEDUC. 1 vol.

Lucy Vernon, par ROCQUAIN, 1 vol.

La nouvelle **Babylone**, par Eugène PELLETAN, 1 vol.

Les **Lois de Dieu et l'Esprit moderne**. Issue aux contradictions humaines, par M. Charles RICHARD, ancien élève de l'Ecole polytechnique, 2ᵉ édit. 1 vol.

Les **Révolutions inévitables** dans le globe et l'humanité, par Charles RICHARD. 1 vol.

L'**Europe et la Russie**, par H. LAMARCHE (du *Siècle*). 1 vol.

Dix ans de prison au mont Saint-Michel et à la citadelle de Doullens, par Martin BERNARD. 1 vol.

Goldsmith. Le *Vicaire de Wakefield*, traduction par Charles NODIER.
Sterne, *Voyage sentimental*, traduction nouvelle. } 1 vol.

Tasse. *Jérusalem délivrée*, traduction par le prince LE BRUN. 1 vol.

Les **Confidences**, par A. DE LAMARTINE. 1 vol.

QUATRIÈME CATÉGORIE.

A 2 FRANCS LE VOLUME.

Les **Jésuites**, jugés par les Rois, les Évêques et le Pape. Nouvelle histoire de l'extinction de l'ordre, écrite sur les documents originaux.
Histoire de Dmitri. — Étude sur la situation des serfs en Russie. par M. Louis VIARDOT. } 1 vol.

Les **Espérances**. Poésies. 1 vol.

Les **Trésors de l'art à Manchester**, par Charles BLANC. 1 vol.

Henri le chancelier. Étude sur l'Amérique centrale, par M. Joseph SUE. 1 vol.

Alexandre Dumas. Fernande. 1 vol.

La **Reine de l'Andalousie**, par Paulin NIBOYET. Édition ornée de vignettes.

CINQUIÈME CATÉGORIE.

A 1 FR. 50 CENT. LE VOLUME.

Eugène Pelletan. *Les Morts inconnus.* — *Le Pasteur du Désert.* 1 vol.

— *Le Monde marche* (Lettres à Lamartine). 1 vol.

Cormenin. *Entretiens de Village*, 9ᵉ édition, illustrée de 40 jolies gravures; ouvrage couronné par l'Académie française. 1 vol.

Guizot. *Washington* 1 vol.

Fr. Lacroix. *Mystères de la Russie.* 2ᵉ édit. 1 vol.

Roche. *Des Subsistances et des moyens de remédier à leur insuffisance*, avec une Préface de M. de Cormenin. 1 vol.

Goldsmith. Le *Vicaire de Wakefield*, par Ch. NODIER. 1 vol.

Sterne. *Voyage sentimental*, traduction nouvelle. 1 vol.

BIBLIOTHÈQUE UTILE

60 centimes le volume de 192 pages.

ŒUVRES CHOISIES

DU

DOCTEUR LOUIS CRUVEILHIER

Un beau volume in-18.

Prix : 3 francs.

PAGNERRE, LIBRAIRE-ÉDITEUR, RUE DE SEINE, 18.

BIBLIOTHÈQUE
ELZEVIRIENNE

IN-16, PAPIER VERGÉ, RELIURE EN PERCALINE.

L'Internelle Consolation, première version françoise de l'*Imitation de Jésus-Christ*. Nouvelle édition, publiée par MM. L. MOLAND et CH. D'HÉRICAULT. 1 vol.   5 fr.

Réflexions, Sentences et Maximes de LA ROCHEFOUCAULD. Nouvelle édition, par G. DUPLESSIS. Préface par SAINTE-BEUVE. 1 vol. 5 fr.

Les Caractères de THÉOPHRASTE traduits du grec, *avec les Caractères ou les mœurs de ce siècle*, par LA BRUYÈRE, publiés, avec des notes historiques et littéraires, par M. Adrien DESTAILLEUR. 2 vol. 10 fr.

Le Livre du chevalier de la Tour Landry pour l'enseignement de ses filles, publié d'après les manuscrits de Paris et de Londres, par M. Anatole DE MONTAIGLON. 1 vol.   5 fr.

Gerard de Rossillon, poème provençal, publié, d'après le manuscrit unique, par M. Francisque MICHEL. 1 vol.   5 fr.

Le Dolopathos, recueil de contes en vers du XIIe siècle, par HERBERS, publié d'après les manuscrits par MM. CH. BRUNET et A. DE MONTAIGLON. 1 vol.   5 fr.

Floire et Blancheflor, poëmes du XIIIe siècle, avec une Introduction, des Notes et un Glossaire, par M. Edelestand DU MÉRIL. 1 vol. 5 fr.

Recueil de poésies françoises du XVe et du XVIe siècle, morales, facétieuses, historiques, revues sur les anciennes éditions et annotées par M. A. DE MONTAIGLON. Tomes I-VIII. Chaque volume :   5 fr.

Chansons de Jehannot DE LESCUREL. 1 vol.   *1* fr.

Œuvres complètes de François VILLON, publiées par P. L. JACOB, bibliophile. 1 vol.   5 fr.

Œuvres de G. COQUILLART. Nouvelle édition, revue et annotée, par M. CH. D'HÉRICAULT. 2 vol.   10 fr.

Œuvres complètes de Pierre GRINGORE, revues et annotées par MM. Ch. D'HÉRICAULT et A. DE MONTAIGLON. Tome I.   5 fr.

Œuvres de Roger DE COLLERYE. Nouvelle édition, avec une préface et des notes par M. CH. D'HÉRICAULT. 1 vol.   5 fr.

Œuvres complètes de RONSARD, avec les variantes et des notes par M. Prosper BLANCHEMAIN. Tomes I - IV. Chaque volume :   5 fr.

Les Tragiques, de Théodore Agrippa D'AUBIGNÉ. Edition annotée par M. Ludovic LALANNE. 1 volume.   5 fr.

Le Panthéon et Temple des Oracles, par Fr. D'HERVÉ. 1 vol.   5 fr.

Œuvres de Mathurin REGNIER, avec les commentaires revus et corrigés, précédées de l'*Histoire de la Satire en France*, par M. VIOLLET LE DUC. 1 volume.   5 fr.

Œuvres complètes de RACAN, revues et annotées par M. TENANT DE LATOUR. 2 vol.   10 fr.

Œuvres complètes de THÉOPHILE, revues, annotées et précédées d'une Notice biographique par M. ALLEAUME. 2 vol.   10 fr.

Œuvres complètes de SAINT-AMANT. Nouvelle édition, revue et annotée par M. CH. L. LIVET. 2 volumes.   10 fr.

Œuvres choisies de SENECÉ. Nouvelle édition, publiée par MM. Emile CHASLES et P. A. CAP. 1 vol.   5 fr.

Œuvres posthumes de SENECÉ, publiées par MM. Emile CHASLES et P. A. CAP. 1 vol.   5 fr.

Œuvres de CHAPELLE *et de* BACHAUMONT, publiées par M. T. DE LATOUR. 1 vol.   4 fr.

Ancien théâtre françois, ou Collection des ouvrages dramatiques les plus remarquables depuis les mystères jusqu'à Corneille, publié avec des notices et éclaircissements. 10 vol.   50 fr.

Histoire de la vie et des ouvrages de CORNEILLE, par M. J. TASCHEREAU. 1 vol.   5 fr.

Œuvres complètes de Pierre CORNEILLE, revues et annotées par M. J. TASCHEREAU. Tomes I et II. Chaque volume :   5 fr.

Mélusine, par Jehan d'Arras, nouvelle édition publiée par M. CH. BRUNET. 1 vol.   5 fr.

Le Roman de Jehan de Paris. Nouvelle édition, revue et annotée par M. Emile MABILLE. 1 volume.   3 fr.

Le Roman comique, par SCARRON, revu et annoté par M. Victor FOURNEL. 2 vol.   10 fr.

Histoire amoureuse des Gaules, par BUSSY-RABUTIN, revue et annotée par M. Paul BOITEAU; suivie des Romans historico-satiriques du XVIIe siècle, recueillis et annotés par M. C. L. LIVET. Tomes I-III.　15 fr.

Six mois de la vie d'un jeune homme (1797), par VIOLLET LE DUC. 1 vol.　4 fr.

Les Aventures de don Juan DE VARGAS, racontées par lui-même, traduites de l'espagnol par Charles NAVARIN. 1 vol.　3 fr.

Nouvelles françoises en prose du XIIIe siècle, avec notice et notes par MM. MOLAND et CH. D'HÉRICAULT. 1 vol.　5 fr.

Nouvelles françoises en prose du XIVe siècle, par les mêmes. 1 vol.　5 fr.

Le Violier des Histoires romaines, ancienne traduction françoise des *Gesta Romanorum*, revu et annoté par M. G. BRUNET. 1 vol.　5 fr.

Les Facetieuses Nuits de STRAPAROLE, traduites par Jean LOUVEAU et Pierre DE LARIVEY. 2 vol.　10 fr.

Hitopadésa, ou L'Instruction utile, recueil d'Apologues et de Contes, traduit du sanscrit par M. ED. LANCEREAU. 1 volume.　5 fr.

MORLINI *novellæ, fabulæ et comœdia*. 1 vol.　5 fr.

Les Quinze Joyes de mariage. 2e édition. 1 vol.　3 fr.

Les Evangiles des Quenouilles. 1 vol.　3 fr.

Œuvres complètes de RABELAIS, seule édition conforme aux derniers textes revus par l'auteur, avec les variantes des anciennes éditions, des notes et un glossaire. Tome I.　5 fr.

La Nouvelle Fabrique des excellents traits de verité, par Philippe D'ALCRIPE, sieur de Neri-en-Verbos. 1 vol.　4 fr.

Œuvres complètes de TABARIN, publiées par M. Gustave AVENTIN. 2 vol.　10 fr.

Les Caquets de l'Accouchée. Nouvelle édition, revue sur les pièces originales et annotée par M. Edouard FOURNIER, avec une Introduction par M. LE ROUX DE LINCY. 1 vol.　5 fr.

Le Dictionnaire des Précieuses, par le sieur DE SOMAIZE. Nouvelle édition, augmentée de divers opuscules relatifs aux Précieuses, et d'une clef historique et anecdotique, par M. C. L. LIVET. 2 vol.　10 fr

Œuvres de Bonaventure DES PÉRIERS, revues et annotées par M. Louis LACOUR. 2 vol.　10 fr.

　　Tome I. *Poésies, Cymbalum Mundi*, etc.　5 fr.

　　Tome II. *Nouvelles recreations et joyeux devis*.　5 fr.

Relation des trois ambassades du comte de Carlisle, de la part de Charles II, en Russie, en Suède et en Danemark. Nouvelle édition, avec préface, notes et glossaire, par le prince Augustin GALITZIN. 1 volume.　5 fr.

Histoire du Pérou, par le Père Anello OLIVA, traduite de l'espagnol sur le manuscrit inédit par M. H. TERNAUX-COMPANS. 1 vol.　3 fr.

Les Aventures du baron de Fæneste, par D'AUBIGNÉ. Edition revue et annotée par M. Prosper MÉRIMÉE, de l'Académie française. 1 vol. 5 fr.

Chronique de Charles VII, par Jean CHARTIER, publiée par M. Vallet de Viriville. 3 volumes. 15 fr.

Mémoires de la Reine MARGUERITE, suivis des Anecdotes tirées de la bouche de M. du Vair. Notes par M. Ludovic LALANNE. 1 vol. 5 fr.

Mémoires de Henri DE CAMPION, annotés par M. C. MOREAU. 1 vol. 5 fr.

Les Courriers de la Fronde, en vers burlesques, par SAINT-JULIEN, annotés par M. C. MOREAU. 2 vol. 10 fr.

Mémoires du Comte de TAVANNES, suivis de l'*Histoire de la guerre de Guyenne*, par BALTHAZAR. Notes par M. C. MOREAU. 1 vol. 5 fr.

Mémoires de la marquise DE COURCELLES, publiés, avec une notice et des notes, par M. Paul POUGIN. 1 vol. 4 fr.

Mémoires de MADAME DE LA GUETTE. Nouvelle édition, revue et annotée par M. C. MOREAU. 1 volume. 5 fr.

Mémoires et Journal du marquis D'ARGENSON, ministre des affaires étrangères sous Louis XV, annotés par M. le marquis D'ARGENSON. 5 vol. 25 fr.

Œuvres complètes de LA FONTAINE, revues et annotées par M. MARTY-LAVEAUX. Tomes II-IV. 15 fr.

Variétés historiques et littéraires, recueil de pièces volantes rares et curieuses, en prose et en vers, revues et annotées par M. Edouard FOURNIER. Tomes I- X. Chaque volume : 5 fr.

Œuvres complètes de BRANTHOME, avec une introduction par M. Prosper MÉRIMÉE et des notes par M. Louis LACOUR. Tomes I -III. 15 fr.

Chansons de GAULTIER GARGUILLE, revues et annotées par M. Edouard FOURNIER. 1 vol. 5 fr.

Les Cent Nouvelles Nouvelles, publiées d'après le seul manuscrit connu, avec une Introduction et des Notes. 2 vol. 10 fr.

Histoire des cabinets de l'Europe, pendant le Consulat et l'Empire, écrite avec les documents réunis aux archives des affaires étrangères, 1800-1815, par M. Armand LEFÈVRE, ambassadeur de France à Berlin. 3 vol in-8. Les tomes 1 et 2 sont épuisés. Le tome 3 se vend séparément. 7 fr. 50

Histoire du palais de justice et du parlement de Paris, par F. RITTIEZ. 1 vol. in-8°. 5 fr.

Histoire de l'Hôtel-de-Ville de Paris, par F. RITTIEZ. 1 vol. in-8°. 5 fr.

Histoire du règne de Louis-Philippe Ier, par F. RITTIEZ. 3 volumes in-8°. Chaque volume. 5 fr.

Histoire des trois journées de février 1848, par Eugène PELLETAN. 1 vol. in-8°. 1 fr. 50

Manin et l'Italie, par Charles-Louis CHASSIN. 1 vol. in-8°. 1 fr.

Les Mystères du Peuple Arabe (Introduction. Le marché. Le Kaïd du marché. Le cadi du marché. Acte de répudiation. Le poete. Le prisonnier qui revient de France. Le médecin Le marchand de talismans. L'agent des sociétés secrètes. La tente du grand chef et sa politique intime. Le seigneur des tribus et sa politique transcendante). Par Ch. RICHARD, ancien chef des affaires arabes. 1 joli vol in-18. 3 fr. 50

Scènes de mœurs arabes. Les chefs indigènes, le peuple, les plaignants, par Ch. RICHARD. 1 vol. in-18. . . . . . 1 fr.

Étude sur l'insurrection du Dahra, contenant l'histoire de Bou-Maza, par Ch. RICHARD. In-8°. 3 fr. 50

Épisode de la Révolution de 1848, L'IMPOT DES 45 CENTIMES, par M. GARNIER-PAGÈS, ancien membre et ministre des finances du Gouvernement provisoire. 1 vol. in-18. 1 fr. 50

Biographie des 750 Représentants. A l'Assemblée législative. 1 vol. grand in-32. 2 fr.

Entretiens d'un Vieillard, par Th. DUFOUR, ancien constituant. 1 joli vol. in-18. 1 fr.

Lettres sur l'Esclavage DANS LES COLONIES FRANÇAISES, par M. l'abbé DUGOUJON. 1 vol. in-8. 2 fr.

Des Légistes ET DE LEUR INFLUENCE AU XIIe ET AU XIIIe SIÈCLE, par F.-E. LEFÈVRE, avocat à la Cour impériale. 1 vol. in-8°. 1 fr. 50

Gérard de Nerval, par Georges BELL, in-8. 1 fr.

Faits de l'esprit humain. PHILOSOPHIE par M. D.-J.-F. DE MAGALHAENS, traduit du portugais par N-P. CHANSELLE. 1 volume in-8°. Prix. 5 fr.

Biographie des Journalistes, *Histoire des Journaux.* Contenant l'histoire politique, littéraire, industrielle, pittoresque et anecdotique de chaque journal publié à Paris, et la biographie de ses rédacteurs, par Edmond TEXIER. 1 vol. in-18. 2 fr.

Précis des Campagnes de Jules César, par l'Empereur Napoléon Ier, écrit sous sa dictée par M. MARCHAND. 1 volume in-8°. 2 fr.

Histoire de l'esprit public en France, par M. Alexis DUMESNIL. 2e édition. 1 vol. in-8. 5 fr.

Le Siècle maudit, par le même. 1 vol. in-8. 4 fr.

La Presse libre selon les principes de 1789, par Ch.-L. CHASSIN. 1 vol. in-8°. 2 fr.

Projet d'une langue universelle, par M. l'abbé BONIFACIO SOTOS OCHANDO, traduit de l'espagnol, par M. l'abbé A.-M. TOUZÉ. 1 vol. in-8°. 4 fr.

La tribune des Linguistes, par Casimir HENRICY, directeur. 1 très-fort vol. in-8°. 10 fr.

Un mois en Afrique, par Pierre-Napoléon BONAPARTE. 1 fr. 50

Les villes de France et leurs Gloires. Poèmes par Mme PLOCQ DE BERTHIER. 2 vol. in-8. 10 fr. Chaque ville séparément. 50 c.

HISTOIRE POLITIQUE

DE LA

RÉVOLUTION DE HONGRIE

1847-1849

Par **Daniel IRANYI** et **Charles-Louis CHASSIN**.

2 beaux volumes in-8°. Prix. . . . . 10 fr.

DES MONTS-DE-PIÉTÉ

ET DES BANQUES DE PRÊT SUR GAGE

En France et dans les divers États de l'Europe,

Par **A. BLAIZE,**

Ancien directeur du Mont-de-Piété de Paris.

2 forts volumes grand in-8°. . . . . 15 fr.

MUSIQUE ET MUSICIENS

PAR OSCAR COMETTANT

1 beau volume in-18 jésus vélin. . . . . 3 fr. 50 c.

MANUEL DE L'AMATEUR D'ESTAMPES

Par M. CH. LEBLANC

SOUS PRESSE : 10ᵉ LIVRAISON. Prix. . . . . 4 fr. 50 c.

DÉCADENCE DE LA MONARCHIE FRANÇAISE

Par EUGÈNE PELLETAN

1 volume in-8°. . . . . 5 fr.

LA PROVINCE

CE QU'ELLE EST, CE QU'ELLE DOIT ÊTRE

PAR ÉLIAS REGNAULT

Un beau volume in-8°. . . . . 5 fr.

LES CONTEMPLATIONS

PAR

VICTOR HUGO

2 beaux volumes in-8°, cavalier vélin . . . . 12 fr.

DANTON

Par **ALFRED BOUGEART**

1 fort volume in-8°. Prix. . . . . 7 fr. 50 c.

MÉMOIRES

DE LORENZO D'APONTE

Poëte vénitien, collaborateur de MOZART,

Traduits de l'italien par M. C.-D. DE LA CHAVANNE, et précédés d'une lettre de M. A. DE LAMARTINE.

1 beau volume in-8°, sur papier de luxe. . . . . 5 fr.

EN PRÉPARATION :

CORMENIN-TIMON

LIVRE DES ORATEURS

18ᵉ édition.

HISTOIRE PITTORESQUE

DE LA FRANC-MAÇONNERIE

Par **M. F.-T.-B. CLAVEL**, maître à tous grades.

4ᵉ ÉDITION

Un beau vol. format gr. in-8°, illustré de 25 jolies gr. sur acier. 12 fr. 50

COLLECTION DE VOLUMES

IN-32 JÉSUS.

EUGÈNE NOEL. *Souvenirs de Béranger.* 1 vol. . . . . 75 c.

A. PERDIGUIER. *Le livre du compagnonnage.* 2e édit.   2 fr. 50

ALTAROCHE. *Contes démocratiques.* 1 vol. . . . . . 1 fr.
— *Chansons politiques.* 1 vol. 1 fr.
— *La Réforme et la Révolution. Paraboles historiques.* 1 vol.. 1 fr.

EUG. DUCLERC. *Droit public.— De la Régence.* 1 vol. . . 1 fr.

SCHOELCHER. *Abolition de l'esclavage.* 1 vol.. . . . 1 fr.

A. LUCHET. *Récit de l'Inauguration de la statue de Gutenberg.* 1 vol. . . . . 1 fr.
— *Justes frayeurs* d'un habitant de la banlieue a propos des fortifications de Paris.* 1 vol. . . 50 c.

GÉNÉRAL PEPE. *L'Italie politique.* 1 vol. . . . . . 2 fr.

LUDWIG BOERNE. *Fragments politiques et littéraires,* avec une note par M. de Cormenin, et une notice sur la vie et les écrits de Bœrne. 1 vol. orné du portrait de l'auteur . . . . . 1 fr. 50

SEGRETAIN. *Exposition raisonnée de la doctrine philosophique de M. F. de Lamennais.* 1 vol. 1 fr. 25

LES TRAITÉS DE 1815. 1 vol. 50 c.

CHAPUIS de **MONTLAVILLE.** *Réforme électorale. — Principe et application.* 1 vol. . . . 1 fr.
— *Mazagran* (Récit des journées de). 1 vol. 50 c.

COLLECTION

DE

19 RITUELS MAÇONNIQUES

EN 16 CAHIERS

PAR J.-M. RAGON

ANCIEN VÉNÉRABLE

Fondateur des trois ateliers des *Trinosophes* à Paris.

Prix : 40 francs.

CHAQUE CAHIER SE VEND SÉPARÉMENT;

Le Catalogue détaillé du contenu et du prix de chaque cahier est envoyé *franco* par la poste, à toute personne qui en fait la demande par lettre affranchie.

ALMANACHS.

ALMANACH LUNATIQUE, rédigé par un nécromancien joyeux et savant, descendu tout exprès des montagnes de la lune pour dire ce qui s'y passe. Grand in-16, 92 gravures. 10e année. . . . 25 c.

ALMANACH COMIQUE, *pittoresque, drôlatique, critique et charivarique,* rédigé par MM. L. Huart, Adrien Brémond, Moléri, Henry Monnier, Caraguel, Louis Leroy, et illustré de 150 vignettes comiques par **Cham.** 1 vol. in-32 jésus de 192 pages. 21e année . . . . . . 50 c.
Cet Almanach, dont la vogue augmente chaque année, est illustré d'un grand nombre de caricatures par CHAM, le plus spirituel dessinateur de notre temps.

ALMANACH PROPHÉTIQUE, pittoresque et utile, illustré de 118 vignettes par MM. Gavarni, Daumier, Trimolet, Ch. Vernier et Geoffroy. 1 volume in-32 jésus de 192 pages. 22e année. . . 50 c.

ALMANACH POUR RIRE, par MM. Henry Monnier, Pierre Véron, Moléri, Henri Rochefort, J. Lovy, etc., etc., entièrement illustré par CHAM. 1 vol. in-8°. 13e année. . . . . 50 c.

ALMANACH ASTROLOGIQUE, *astronomique, physique, satirique anecdotique,* etc., etc. 1 vol. in-16 cavalier, illustré de 150 gravures, avec une jolie couverture coloriée. 15e année. . . . . . 50 c.

ALMANACH ILLUSTRÉ DES DEUX MONDES, par Oscar COMETTANT. 1 très-beau vol. grand in-8° cavalier. 128 pages dorées sur tranche, ornées de 100 vignettes. 4e année. . . . . . 50 c.

ALMANACH DU CHARIVARI, par MM. Louis Huart, Pierre Véron, Louis Leroy, Clément Caraguel, Henry Rochefort et Adrien Brémond, illustré par MM. Cham et Daumier. 1 v. in-8°. 3e année. 50 c.

ALMANACH DU JARDINIER, par les Rédacteurs de la *Maison rustique du XIXe siècle.* 1 vol. in-16 avec gravures. 19e année. 50 c.

ALMANACH DU CULTIVATEUR, *agriculture, élève du bétail* par les auteurs de la *Maison Rustique.* 1 vol. in-16 cavalier, orné de gravures. 19e année . . . . 50 c.

ALMANACH MANUEL DE LA BONNE CUISINE ET DE LA MAITRESSE DE MAISON. 1 vol. in-16 grand jésus, illustré de 150 gravures, avec une jolie couverture coloriée. 5e année. 50 c.

ALMANACH DU VOLEUR. 1 vol. in-4°, 5e année. . . . 50 c.

ALMANACH DU FUMEUR ET DU PRISEUR. 1 vol. in-16 cavalier, illustré par MM. Gavarni, Eugène Giraud, Raffet et Bertall, 5e édition. . . . . 50 c.

LA MÈRE GIGOGNE, ALMANACH DES ENFANTS, 1 vol. in-16 jésus, avec un grand nombre de jolies gravures tirées avec luxe. 13e année. . . . . 50 c.

ALMANACH DES DAMES ET DES DEMOISELLES. 1 vol. in-16 jésus, avec un grand nombre de gravures. 12ᵉ année. . 50 c.

ALMANACH DU MARIN ET DE LA FRANCE MARITIME. 1 vol. in-16. 25ᵉ année . . . . 50 c.

ALMANACH DU FIGARO. In-4º. avec gravures. 7ᵉ année. 50 c.

ALMANACH DE L'HYGIÈNE, art de conserver la santé, 1 vol. in-16 cavalier. 1ʳᵉ année. . . . . 50 c.

ALMANACH D'ILLUSTRATIONS MODERNES. Élégant album in-4º, doré sur tranche, illustré d'un grand nombre de belles et grandes vignettes. 4ᵉ année de la seconde série. . . . . . 75 c.

Cette charmante publication présente aux yeux du lecteur une revue de l'année et un choix aussi heureux que varié de nouvelles, de scènes de mœurs, de voyages, de caricatures, etc. C'est un des plus charmants livres à placer sur la table d'un salon.

ALMANACH DE LA LITTÉRATURE, DU THÉATRE ET DES BEAUX-ARTS, contenant, outre de nombreux renseignements qui n'ont jamais été réunis, une revue littéraire et dramatique de l'année, par M. JULES JANIN. 1 très-joli vol. in-8º, doré sur tranche et illustré de vignettes et portraits. 10ᵉ année. . . . . 75 c.

Chaque année voit croître le succès de ce petit livre, auquel la collaboration active du plus éminent critique de notre temps donne une importance considérable.

ALMANACH DES SALONS. Grand in-4º 4ᵉ année. . . . . 1 fr.

ALMANACH ANNUAIRE DE L'ILLUSTRATION. 1 vol. très. grand in-8º, doré sur tranche. 19ᵉ année. . . . . 1 fr.

Cet Almanach est imprimé sur papier vélin très-fort et doré sur tranche ; c'est une véritable publication de luxe.

ALMANACH DES PROGRÈS DE L'INDUSTRIE ET DE L'A. GRICULTURE, par Ch. LABOULAYE. 1 vol. in-18 de 416 pages contenant la matière de 4 forts volumes in-8º, 1ʳᵉ année. . . 1 fr.

ANNUAIRE DU BIBLIOPHILE, par Louis LACOUR, 1 volume in-16. . . . . 3 fr.

ALMANACHS LIÉGEOIS

à 10, 15, 20, 25, 30, 40 et 50 centimes.

ALPHABET PITTORESQUE. — ALPHABET DES OISEAUX. — ALPHABET MILITAIRE. — ALPHABET DES ANIMAUX. — ALPHABET DES FLEURS. — LE FABULISTE DES ENFANTS. — LE PERRAULT DES ENFANTS.

Noir, 50 centimes. — Colorié et doré sur tranche, 1 fr.

Saint-Denis. — Typographie de A. Moulin.

OEUVRES COMPLÈTES

DE

VICTOR HUGO

POESIE

ODES ET BALLADES.

LES ORIENTALES.

LES FEUILLES D'AUTOMNE.

LES CHANTS DU CRÉPUSCULE

LES VOIX INTÉRIEURES.

LES RAYONS ET LES OMBRES.

LES CONTEMPLATIONS.

LA LÉGENDE DES SIÈCLES.

ROMAN

NOTRE-DAME DE PARIS.

HAN D'ISLANDE.

BUG JARGAL.

LE DERNIER JOUR D'UN CONDAMNÉ.

DRAME

CROMWELL.

HERNANI.

MARION DELORME.

LE ROI S'AMUSE.

LUCRÈCE BORGIA.

MARIE TUDOR.

ANGELO, TYRAN DE PA. IE.

LA ESMÉRALDA.

RUY - BLAS.

LES BURGRAVES.

LITTERATURE ET PHILOSOP IE
MÊLEES.

LE RHIN.

ÉDITION HETZEL-MARESCQ, GRAND IN-8° (ILLUSTRÉE). La livraison.

ÉDITION HETZEL-LÉVY, FORMAT DE POCHE . . . . . . Le volume. 1

ÉDITION HETZEL-HACHETTE, IN-18. . . . . — 1

ÉDITION LECOU-HACHETTE, IN-18 ANGLAIS 3 50

ÉDITION HOUSSIAUX, IN-8° . . . . — 5 fr.

PARIS. — IMPRIMERIE DE J. CLAYE, RUE SAINT-BENOIT, 7

www.ingramcontent.com/pod-product-compliance
Lightning Source LLC
Chambersburg PA
CBHW060937030726
47503CB00003B/634